U0118300

謎樣的森林

與你沉迷
文學導賞 **36** 則

李敬恒 著

目錄

輯一：糾結微妙的關係

輯二：愛的愁苦與難得

輯三：看盡末世風景

輯四：回頭細味人生

序

推薦序（一）：多義的細語

黃國軒（「火苗文學工作室」創辦人）

　　李敬恒（Roger）的文學評論終於要結集成書了，相信認識他的人都期待已久。大家都知道他興趣廣泛，能涉獵不同的範疇，且樂在其中，尤其在文學方面，他更有獨到的心得，累積了許多成果。我們在火苗讀書會中相熟，不論是公開活動還是私下聚會，他都能無所不談，發人深省。這些年，他已漸漸成為火苗的核心成員，不但長期支持、參與，還協助構思和籌辦某些文學計劃，增添了火苗的光芒。

　　他向來能言善道，甚麼都可以談，而且談得很久。他又總是能深入淺出，舉例風趣幽默，使人會心微笑。書中大部分稿件都曾在報紙雜誌或網站上的專欄刊登過，因此，與他的演講相比，文字篇幅反而十分有限，彷彿圈定了他的時間。不過，這無礙他的解說，他往往能在簡短的評論中精準地捕捉到文本最有意思的地方，以簡御繁，讓人雅俗共賞，引領讀者進入文學世界的堂奧。這本書涉獵的體裁甚廣，有古典詩詞、現代詩、歌詞、本土和外國的小說，還有電影文本等等，非常豐富。有

些作品是火苗讀書會一起討論過的、朋友圈中私下聊過的，有些則沒有。不論如何，他都能獨出機杼，有自己的賞析進路。

然而，若說他有甚麼獨門秘方，不如說他無招勝有招。有些人的評論偏愛堆疊大量學術概念、術語和理論。若然用得好還說得過去，但用得不好則使人如墮霧中，不知所云。最怕是有些評論者一知半解，僅用浮泛的言論掩飾內在的空洞；而他全然不同，絕不會蒙混過關。即使他有深厚的學術根底，也絲毫不會牽強附會。在我看來，他只是還原閱讀本身，抓緊語言文字去細讀，與文本對話，釋放出詮釋空間。他要清楚地看見文字的脈絡，清楚地思考，清清楚楚地討論下去。就算是一些像語言迷宮般的詩詞，存在著多義性，你也能沿著他解讀的線索，撫摸那纖細又曲折的紋路。

在資訊爆炸而碎片化的社會下，這樣做更加難能可貴。因為不得疏懶，不得掩人耳目，必須慢下來細讀。或許，閱讀和生活類似：「未經審視的文學作品是不值得評論的」。雖然他並不刻意使用哲學理論去解讀作品，但我認為他的賞析過程其實也是「哲學式」的，而且說不定這樣才最根本，回到原點。他要在語言文字中推敲作者的所思所感，並發現問題，尋找具價值和意義的解讀，而更重要的是，所有的叩問似乎都指向他的終極關懷——人類的存在處境。人，該如何活？

人是多麼簡單，又是多麼複雜。我認為這本書所評賞的作

品都很精彩，大部分都可以探入這種難以名狀的特質，反映出編選的喜好與慧眼。縱觀所有文章的題目，他偏愛採用類似矛盾修辭的方式命名。這會不會正好呈現出人普遍的生存狀態？虛無中尋找意義，淺白中蘊藏深情。人，深沉地立於廣漠的天地間，在百結盤纏的語言世界中，撩動你和我最真實的心扉。

最後，我想仿效他這個做法，把本篇序文命名為「多義的細語」。文章的篇幅短小卻能深入細讀，嘗試站在不同的觀點思考但又能梳理出獨特的見解。我相信，以他喜愛討論的個性，他一定希望你聽他娓娓道來之後，能夠提出不同的想法，從而真正達到文學的多義性，一同體會閱讀的樂趣。

推薦序（二）：
比門內的人更出色的門外漢

劉綺華（作家，小說《失語》作者）

認識 Roger，是在火苗讀書會。雖然 Roger 常自稱文學門外漢，但他的分析能力、思考速度和幽默風趣都讓我深深拜服，後來我才知道，原來他是中大哲學系畢業的，現在是哲學講師；而我，曾因好奇，報讀過中大哲學系碩士課程，但我連基本門檻也不曾稍稍跨進去就畢業了，彷彿甚麼也沒讀過，他常戲稱是我的大師兄，不禁令我感到不配。

Roger 上一本著作《尋常與作樂》寫的是哲學，正是他的老本行；但現在 Roger 不只跟我一樣是讀書組的參與者，更一腳踏進了我較為熟悉的領域——文學。他把書稿傳給我時，我再次感到自愧不如，甚麼？哲學人寫文學評論竟寫得比文學人還要好。

我這樣說沒有過譽。我是《哲學有偈傾》的忠實粉絲，每逢 Roger 出場，我定必金睛火眼，很留神去聽。他的解說非常清

楚，會首先勾勒出哲學家想處理甚麼課題，排除不相關的部分，然後用最簡單的語言、以不同的例子把理論講解一次，更會正反立論，羅列出後來反對者的觀點，讓觀眾在短短一小時內對該理論有大概的認識。明明是在解說很難理解的傅柯、休謨、海德格……明明這些理論家都很會發明一大堆很抽象、但看上很「有型」、很文青的 jargon（術語），但 Roger 不以 jargon 來解釋 jargon，讓觀眾以為他很有才學，反而把每一個 jargon 細細拆解，甚至盡可能不用 jargon；相比之下，不少文學評論者很愛用理論來解釋文本，運用理論本身沒有錯，只是評論者用得正確嗎？對理論能完全掌握嗎？到底運用理論是在增益文本的層次，還是亂拋一堆術語用作炫耀？相信明眼的讀者是可以分辨的。

Roger 沒有文學研究者的包袱，反而用拆解哲學理論的方法，對文本作出清晰又生動的分析，讓讀者每一篇都看得明白，看得有趣；但請別誤會，Roger 寫的不是一般的雞精式解說文，而是每篇他都能帶出獨特的見解。這種仔細分析文本、進而闡述的功力，正正是文學研究者及創作者最不可或缺的。要是我在大學畢業前讀到此書，相信我的學期論文會寫得更好；而現在我作為創作者，閱讀此書時也做了不少筆記，我記下了他的思路，他的分析，從中得到很多啟發，進而想像我可以怎樣寫作，怎樣進步。

還有，Roger 令我大開眼界的是，他對文學的熱愛遍及古今

中外！要是我還在唸文學系，我絕不會挑鄭愁予的〈錯誤〉或李清照的〈聲聲慢〉來寫我的學期論文，在前的豈只是珠玉，還有整個金礦，我哪有信心分析得比前人更好？我再說，也只怕是東施效顰。但他不怕，他愛寫就寫，也皆因他非專事文學，反而能提出文學研究者沒想過的觀點，例如一般評論者都認為〈錯誤〉中的「我」，是詩中少婦所愛的對象，「我」不是歸人而是過客，是因為「我」很快就會離開，但 Roger 提出第二種解讀：「我」跟少婦是毫不相干的，「我」只是一個純粹的路人，並非少婦所等待的人，也因此，「我」給予少婦希望，最後只會令她更絕望。又或李清照的〈聲聲慢〉，一般評論者認為「最難將息」的「息」指的是休息、調養，皆因尋覓不果，很冷清，所以想休息也休息不來，Roger 卻把「息」解讀為睡眠，「尋尋覓覓，冷冷清清，悽悽慘慘戚戚」則是午睡時的夢境，真令人意想不到。

剛才我所說的「古今中外」，除了顯示出作者本人不避著名作品，更反映出 Roger 沒有門戶之見。聞一多寫的是格律詩，現今詩人已嫌棄這種寫法；顧城的朦朧詩、戴望舒的詩，現在讀起來也略嫌過時，現當代詩歌表表者，應該是夏宇、周夢蝶之流，但他仍細細分析聞一多的〈也許〉、顧城的〈遠和近〉、戴望舒的〈白蝴蝶〉，可見作者本人喜歡就單純地喜歡，不為在評論界佔一席位，熱愛就是寫作此書的起始點。而且，喜歡新詩的通常不通古詩詞，喜愛古詩詞的也未必會讀新詩，但他不只新舊詩皆讀，還涉獵流行歌詞，到現在，還是有嚴肅的文學研究者不把流行歌詞當一回事；熟悉詩的，通常不諳小說，愛

讀小說的，通常不多讀詩，但書中詩歌與小說各佔一半，Roger 的文類涉獵之廣，令人咋舌。（本人平日多看小說，少讀詩歌，實在慚愧。）

讀到這裡，你或許會問，這本書是不是純粹一本閱讀手記？就像學生們的讀書報告結集？非也。從書中我們可讀到 Roger 對人生和社會的關懷，當中不少篇章都在討論，在沒有希望的時代，我們要如何活得有尊嚴。在分析何秀萍關於末世的歌詞和周耀輝的〈彳亍〉時，Roger 反覆提到在困難的時代我們要怎樣自處；分析林夕的〈我的男朋友〉，則提到在貪圖安逸與保持清醒之間該如何選擇；分析馬奎斯《沒有人寫信給上校》時，他提到堅持的重要性；分析卡繆的《異鄉人》和米蘭·昆德拉的〈愛德華與上帝〉時，他提到人要追求人生的真實，而非適應這個世界；分析米蘭·昆德拉的《無意義的節慶》時，他更進一步提出，在面對荒謬時人可以有甚麼出路；分析西西的〈桃花塢〉時，則提到反省現實的不滿、追求理想的同時，人要適可而止。這些篇章都讓我們思考何謂完整的人，何謂美好的人生，字裡行間滿滿是文學性，也滿滿是哲學性。

私以為，寫得出色的文學評論，本該是這樣：有令人說服的文本分析，不以 jargon 來堆砌內容，解釋作品主題之餘，又能引伸出個人獨特的關懷，非人云亦云，讓讀者既能享受文學的盛宴，又能藉此反省人生。希望讀著這篇序言的你，讀過此書後，也能像我一樣，從書中得著無數的啟發和亮光。

推薦序（三）：文字的肌理與溫度

Sabrina Yeung（楊彩杰教授，大師兄的讀者、文學評論者）

看 Roger 大師兄的文學評論，我總想起英美新批評（New Criticism）。新批評源自二十世紀二十年代的英國，隨後五十年代於美國廣為風行。「新批評」著重音韻、格律、文體、意象等形式元素，透過細讀，對文學作品做詳盡的分析與詮釋。它不只注意每個字的意義，而且善於發現詞句之間的微妙聯繫，並在這種相互關聯中確定單字的意思。新批評的評論者認為詞語的選擇與搭配、句型、語氣、比喻、意象的組織等，都被作者巧妙地連結起來，換言之，在他們眼中，文學文本是一個內在充滿多層結構與多樣張力的有機生命整體。大師兄可能自己不自知，他暗地裡其實是新批評的信徒。

文字的肌理

這本文學評論集，讓我看到中學時期讀五四新詩時迷惑的自己。卞之琳的〈斷章〉、聞一多的〈也許〉、徐志摩的〈偶然〉……我當然不能說他們的詩歌不好，但老實說，要一個中學生透過「也許你真是哭得太累，／也許，也許你要睡一睡，／

那麼叫夜鷹不要咳嗽，／蛙不要號，蝙蝠不要飛。」去理解一種悼念的心情，實在有點強人所難。

大師兄呢？他看到的往往是一場電影或一齣戲劇：

全詩十六行中，第一至第十四行其實只是「我」眼中的景物與腦海中的思想，只有在最後兩行中「我」才作了最輕微的動作：以黃土輕輕把「你」掩蓋，將紙錢緩緩撒到半空。從外部觀看，這是只包含最少活動、非常靜態的一個畫面。然而，詩人卻利用巧妙的鏡頭推移產生出強烈的動感。鏡頭是「我」的眼睛，先由身邊的「你」出發，拉闊拉遠到樹上的夜鷹，再拉落地面的青蛙，又回到(大概是另一些)樹上的蝙蝠：接著近鏡對著「你」的眉眼，再橫移向旁邊的松樹，彷彿看到松蔭向上打開：然後鏡頭進入地下，對「你」身旁翻泥的蚯蚓與吸水的小草根鬚作一個超大特寫：隨即向後向上拉回地面，先影著「我」的手把黃土撒落在「你」身上，最後隨著「我」向上揮的手與飄飛的紙錢移到空中。通過複雜頻繁的視角轉移，令讀者感受到動靜之間一種微妙的平衡。

新批評的代表理論家布魯克斯(Cleanth Brooks)說詩歌其實有一種戲劇化的結構，一首詩就如同一齣戲，「戲的全部效果來自戲的所有構成部分，一首好詩就像一齣好戲，它沒有一個

無效的動作，沒有任何多餘的成分⋯⋯詩歌從來沒有抽象的陳述。這就是說，詩中的任何一個『陳述』都受到上下文的壓力，它的意義都要被上下文所調整。」大師兄不僅是用戲劇／電影的角度去看詩歌，即把詩歌視為沒有一個無效動作，沒有抽象陳述，文字的意義受整個文字肌理所拉扯的一個整體。他的分析中，真的將我中學時期讀完之後就再也沒有看過的〈也許〉，化為一套有場面調度的短片，讓我看到文字的流動與肌理。卞之琳的〈斷章〉、徐志摩的〈偶然〉、鄭愁予的〈錯誤〉、顧城的〈遠或近〉都是如此，在大師兄筆下，它們都像一齣齣短片。

文字的溫度

這本文學評論結集中，有幾篇討論的作品是我有幸跟大師兄於某些講座一起分享過的，例如安妮・艾諾 (Annie Ernaux) 的《位置》、卡繆 (Albert Camus) 的《異鄉人》和鍾逆的〈枯葉蝶〉。

於《位置》中，我看到的是法國文學的記憶書寫傳統，看到艾諾如何將回憶中的個人感受和小事件脈絡化處理，而為了展現這些脈絡，艾諾抗拒過於美化文學，讓敘事維持在「文學未滿」的狀態。

大師兄看到的，是小說中艾諾的父親對艾諾「那獨特、無私的愛。一般人對別人的愛，大多表現為要盡可能把兩人的距離縮短，甚至合而為一，不分你我，心意相通。但父親對艾諾的愛，

卻表現為竭盡所能擴大自己跟女兒的階級距離，把女兒送到那個鄙夷他、但對她而言更好的中產世界。他明知這樣做必然會破壞跟女兒的親密關係，因為當他們的學歷、思想、生活圈子都不同，他們便沒有甚麼共同話題，亦難以認同甚至理解對方所思所想，因而無法溝通交流。父親的愛，正在於通過犧牲自己與最愛女兒的關係來成就她的幸福。」

在《異鄉人》中，我看到的是《異鄉人》大部分句子只有句子結構單位中最基本的元素：主語、動詞和賓語，感覺像一種電報體——電報為了節省字數往往只把最重要的字打出來，那些波瀾曲折的心情起伏、精微關要的評論等，是不能出現的。

大師兄看到的是主角「莫禾梭拒絕對事件進行解釋，令他成為了本來以他為中心的審判、乃至他生活其中的世界的局外人。」大師兄還說「這樣我們才會明白為何由頭到尾——甚至知道自己被判死刑——莫禾梭都相對平靜，直到最後一刻神父要為他祈禱時他才終極爆發。神父本意只是希望他悔改信主，但是背後整套理念就是：雖然即將處刑，但只要他現在悔改，人生便能通過信仰重新獲得意義——甚至是永恆的終極意義。重點甚至不是神或天堂地獄是否存在，而在於宗教的核心作用，正是通過提供一個終極目的，來將現實世界中所有表面散亂無關、甚至不合理的東西串連成一個合理的整體，令一個人生命中的每件事情都獲得恰當的位置與意義。莫禾梭不單只抗拒某個特定宗教或宗教本身，而是拒絕別人以任何方式去概括他，

因為這樣就等於用某些主題串連他做的事情，為它們賦予意義，令他的人生成了一個故事，而他認為根本就沒有任何故事。」電報體的莫禾梭在大師兄筆下成為了一個立體的人，有層次的人，就如《異鄉人》的作者卡繆所說，人不是一個概念。

詩人，同時也是新批評代表人物之一的艾略特 (T. S. Eliot) 說，文學的創作與鑑賞有三個層次：第一個是基本層次，賞識作品裡那些直接觸動讀者的各式各樣的「真摯情感」（sincere emotion），即是關於作品的 what。第二個層次是 how，即以創作的技術為分析對象，看作品用甚麼手法展現那些情感。第三個層次已然超越作品的內部層次，是尋找藝術作品裡代表整個時代的共同情感或當代性情感。這三個層次好像分了等級，最低級是第一個層次，最高級是第三個層次，其實不是的，沒有第一個層次的觸動，我們根本不會進入一部作品的靈魂。所以大師兄的詮釋往往讓我看到文學作品最開始的時候，是哪一點傳遞出那些「真摯情感」，是哪一部分的文字傳遞出溫暖的感覺。

大師兄有時會說，他不是讀文學的，與我這種「科班出身」的人不一樣，但我覺得，在暢遊文學之海時，我們是一樣的面容。

推薦序（四）：善讀書

郭梓祺（作家，散文集《一道門》等作者）

知道 Roger 新書有六篇序，跟他說：「六篇序！係咪誇張咗少少？」他給我書稿時，倒不知道書中他寫鄭愁予〈錯誤〉那篇文章，是我教中學生時常常借用的教材。我一直沒告訴他。

鄭愁予〈錯誤〉是高中中國文學課程指定課文，現代詩除了聞一多的〈死水〉，就是這首。Roger 的文章這樣開始：「直到大約十年前，我認識的現代詩其實只有五、六首，除了中學會考課程中聞一多的〈也許〉、徐志摩的〈再別康橋〉和臧克家的〈答客問〉，就是徐志摩的〈偶然〉、卞之琳的〈斷章〉，以及這首鄭愁予的〈錯誤〉。」從他讀〈錯誤〉的方法，我們不難明白到，Roger 是如何從現代詩門外漢，變成現在出書做文學導賞的作者。

鄭愁予〈錯誤〉不玄奧，但要讀出深意還是需要耐心。Roger 一面將詩中關鍵字詞和意象抽出來，東風不來，柳絮不飛，跫音不響，春帷不揭，詩中那位「你」，似乎已在長年的等待裡消亡。詩當然不停在這些爛熟的描述，新意在哪裡？ Roger 提出

兩種可能的詮釋：打江南走過的「我」，跟等待中的「你」要不相識，要不完全無關，並這樣歸結：「無論是哪一種看法，故事都似到了盡頭。詩人厲害之處，正在於居然能夠以出人意表的方式把詩再推進一層！」結穴一點，帶出「錯誤」的主題：

> 實情似乎是這樣：「我」走過江南，偶然遙遙瞥見正在等待的「你」，不由自主受到「你」那死靜、封閉與孤寂的心靈吸引。與上面第二種看法相似，我本來只是一個路過的旁觀者，然而在想到「你」的心情的一剎那，「我」卻驀然驚覺自己騎著馬兒，同時意識到自己已經犯下了一個無可挽回的錯誤。「我」當然不可能無聲無息地走過，而「你」靜止、寧靜、封閉和孤寂的狀態亦將一下子隨著「我」的到來被打破。經年落空的渴望，將令「你」無法抑制地把「我」誤以為是「你」要等待的人，所有壓抑多年的希望與冀盼將於一瞬間爆發。悲哀的是，我其實只是個過客而不是歸人，最終到「你」發現真相的時候，勢必墮進更深的絕望與痛苦。最悲慘的並非陷於深淵最深處走不出來，而是被人從深淵最深處拖上來，剛剛瞥見久違了的天空，卻立時再被丟回原地。

引錄有點長，卻可見 Roger 如何扣緊細節，步步深入主題，一方面展現文本細讀的功力，一方面以富感情的文字牽動讀者把握這個「錯誤」，至此，詩中那句「美麗的錯誤」的反諷意義

也明白了。Roger 就像過客,在紙上的偶遇,令讀者的心情隨文句忐忑起伏,然後他又繼續前行,在森林裡說更多故事。

Roger 給我初稿時特意提到:「海明威〈殺手〉嗰篇有提你。」我有次在 Growl 讀書組介紹〈殺手〉,Roger 也在座。但我記憶更深的,其實是他介紹卡佛(Raymond Carver)短篇〈你們何不起舞?〉(Why Don't You Dance?)。卡佛的書我讀得少,初讀這短篇還未讀出深意,讀書組的過程卻令我深信卡佛果然是寫作奇才。現在,Roger 把讀〈殺手〉和〈你們何不起舞?〉的心得都化而為文,同放書中,於我也就更多了一重紀念意義。重讀這兩篇文章,最吸引我的可能不是任何分析,而是一些過渡句子,更見作者風格:「讓我們再思考一下」、「讓我們不妨再加點想像」、「讓我們再仔細想想」。

安伯托·艾可(Umberto Eco)曾形容文本是部「懶惰機器」,寫得再精細也注定有大量遺漏。假如讀者懶惰,不投放心力和想像力來填補空白,提出各種詮釋的可能,懶來懶去,一切便注定蒼白,亦難有所謂閱讀的樂趣,正如 Roger 說「如此簡短的篇幅蘊含如此複雜的內容,粗心的讀者又怎可能留意得到?」。但我們都知道,自己讀書有時可以多吃力或徒勞,有人在旁適時提示「讓我們不妨再加點想像」並提出看法作參照,往往是重要扶持,假如那還是一位「善讀書者」,就更難得。

清人汪琬在〈傳是樓記〉曾說:「古之善讀書者,始乎博,

終乎約。博之而非誇多鬥靡也，約之而非保殘安陋也。」印象中 Roger 常自嘲讀書博而不精，我覺得不是自謙，反而是性格寫照。Roger 的「博」並非誇多鬥靡，而是出自一股驚人的好奇，結合他的分析能力和那顆友善的心，便變成了一股強大動力，八爪魚一樣在文藝和哲學等等多方摸索，且身體力行，常以行動支持大小創作，精力旺盛得驚人。

末了也需說，我和 Roger 的閱讀口味有時可以相差很遠，偶爾甚至會想，像他這樣大愛的人，寫作上會否也有限制或盲點，容易只看到人的好，避開了尖刻，也就失卻了尖刻帶來的準確和威力。我對這問題暫時也沒答案，也就將謎團留在森林，跟 Roger 和大家一起想想。

推薦序（五）：豈止讀書報告

冼玉芳（前聖公會林護紀念中學教師）

回顧幾十年的教學生涯，教了成千上百的學生，敬恒是極其特別而又令我印象深刻的其中一個。

最早認識敬恒那年他讀中三，那是一班聰明活潑，讓我時刻希望進入課室上課的一班。我是他們的中文老師。小小年紀的他，靈動聰敏，很有讓人留意的本事。

時間常流走於不知不覺間！

還記得他中六報讀大學時，他進入教員室，告訴我他計劃在大學修讀哲學。似乎過不了很久，他大學畢業了，又不久，他成了哲學博士，大學高級講師。若干年後，我看到他參演的港台節目《哲學有偈傾》，原來他成了其中一位主持。

一次我從加拿大回港，和他約見，他把一幅他手繪的油畫送我。後來我才知道他的素描畫得更好。然後我又從臉書中看到他彈琴唱歌的片段。

正驚歎他在哲理藝術二種不同範疇都有良好表現的同時，他寄來了多篇他寫的詩文評論文字。這些文字選材多樣化，古今中外，新舊詩文小說，甚至歌詞、電影等都涵括在內。

每次他寄來作品時，都會說：「老師，我要交功課了，這篇是我的讀書報告。」

然而，這些又何止是讀書報告呢？每一篇，都極具可觀性。譬如：

曖昧的距離：顧城〈遠和近〉

敬恒善於把短句看得深入細緻而領略到詩中懾人的魔力。如他以為這首短詩讓人有無限的想像空間，便把想像的可能一一道出，帶引讀者也隨著這些可能性的想像，把詩的內容豐富起來。是我十分喜歡的一篇導讀。

簡白的濃烈：李清照〈一剪梅〉

我以為男士體會女兒心態並不容易，敬恒卻能抽絲剝繭的，一面引用李煜和蘇軾的詞句，另一面別出心裁的，先從上闋引出離愁，再介紹下闋的如何消愁，然後再回到上闋，成功的引導讀者體會到李清照百結迴腸，無盡濃烈的思念之情，是一篇十分成功的導讀。

寂寞的相遇：林夕〈有心人〉

敬恒選了古代歌詞，也選了現代的歌詞。林夕這首被說成驟眼看來，畫面貧乏，色彩淡薄，毫不起眼的有心人，在通過敬恒的細嚼慢挑，讓人有了另一番體會。讀者不妨跟著他的步伐，細意欣賞這幾句簡單的歌詞中蘊含著的澎湃激情。

堅持的意義：馬奎斯《沒有人寫信給上校》

通過敬恒簡略的介紹，已把小說中上校艱難無助的處境、戰爭的殘酷、與戰後政府的腐敗交代得十分清楚。那封上校一直期待的支付退休金的信，卻一等十五年，那不斷的希望卻難掩的失望仍能支持著上校等下去的，不是對金錢的貪念，而是對信念的執著。敬恒在這篇便刻意的提醒讀者，要著眼於上校拒絕對現實妥協與屈從這一點上。看完這篇文字，我不禁有了非要一讀這小說的衝動，正好肯定了敬恒這篇導讀的功力了。

有些是我特別喜歡的寫法。譬如讀瑞蒙·卡佛的〈你們何不起舞？〉，當敬恒說到「作者在很多地方都刻意不作交代，只是埋下線索讓讀者自行發掘」而提出許多問題時，忽然話鋒一轉：「看到這裡，我強烈建議大家先停下來，找這篇小說來仔細讀一遍，試試解開這些謎團，再回頭看看你跟我的理解有甚麼不同。」這幾句加插得有點突兀，但又令讀者不禁也問起自己的看法到底有甚麼不同？真是神來之筆！

還有何秀萍〈那個下午我在舊居燒信〉，這篇的歌詞寫得精彩，敬恒的闡釋更十分精彩，是很值得推介的一篇導讀。

此外卞之琳的〈斷章〉，只有短短的四句，敬恒卻能令空間擴闊，讓靜態動起來；鄭愁予的〈錯誤〉，引領讀者恍然於你所等來的只是一個過客，是一個美麗的誤會；戴望舒的〈白蝴蝶〉，敬恒又帶引讀者明白作者要傳遞的訊息，提示我們智慧和知識的不同，是一篇很有哲理的短詩。這幾篇，都是我很喜歡的導讀。

對於讀者來說，敬恒在文中與讀者分享他的所思、所感、所得；通過這些文字，帶給讀者許多啟發與感悟，引領讀者細味其中蘊含的深意！也輕而易舉地展示了他橫溢的才情。

我尤其喜歡敬恒在每篇題目之前加上一個標題，把全篇重心扼要精準地點出來；也喜歡西詩部分先作中譯，再寫評論的做法，讓讀者在欣賞原著時更易了然。

很高興聽到這些文字要結集出版了，期待能令更多讀者從中體會閱讀的趣味，增添閱讀的能力。我熱切的期待著！

寫到這裡，我彷彿看到他拿著一大疊稿件，帶笑迎面而來：「老師，我又交功課了，希望呢份大功課老師滿意啦！」

不禁莞爾！

順帶一提的是：敬恒在卡繆的《異鄉人》中提到存在主義。存在主義這哲學名詞我聽得多，也曾找了幾本有關存在主義的書籍去讀，但總是看不明白，讀不入腦，好像和我一直接觸的中國哲學有很大差異。也許日後見到敬恒時，要好好向他請教了。

　　忽然想起韓愈〈師說〉的幾句話：「是故弟子不必不如師，師不必賢於弟子，聞道有先後，術業有專攻，如是而已。」正好作為這篇文字的結語。

序：

就是這樣，我走進了文學的森林

我沒有正式唸過文學，卻發現原來文學從來都是我生活的一部分。

一

在那個沒有手提電話與互聯網的遠古年代，我主要的娛樂就是看書。剛進小學時，偶然發現學校地下廁所附近有個放了幾個小書櫃、好像叫「圖書角」的房間。（還是只是指那幾個書櫃？）那時我每日小息都會在那兒看些專為兒童改編的簡易版世界名著。到了小學五、六年級時，我開始到公共圖書館借書看——武俠、偵探、科幻、愛情⋯⋯甚麼都看。

二

　　真正接觸文學，應該是在中學的中國語文科。那時同學都要熟讀一堆指定課文，當中包括不同類型的文學作品：由先秦諸子的散文、唐詩宋詞，到民初的新詩小說，甚至翻譯小說都有。

　　回想起來才覺得不可思議。那時候很多同學都喜歡看書，大家都會好好利用上課的時間，私下熱切討論自己看過的小說與漫畫，情節可以倒背如流，而且有說不盡的見解。奇怪的是，根本沒有甚麼人會喜歡語文科。

　　我並沒有對中文科很抗拒，但也不免感到疑惑：為甚麼要讀這一大堆毫不有趣的篇章、死記硬背很多除了應付考試之外便沒有任何用途的東西——甚麼文章主旨、段落大意、寫作技巧、修辭手法？看倪匡、古龍和亦舒不是一樣能夠學到中文，而且有趣得多嗎？

　　直至中三的時候，我才開始真正喜歡中國語文與文學——全因為冼玉芳老師。冼老師儀態雍容典雅，又帶著不怒而威的氣勢，令平時口沒遮攔的我也不敢造次，乖乖聽書。老師國學知識深厚，教學更是一絲不苟，而且講解條理清晰，生動有趣。最厲害的是，她不會只做詞語解釋和答題訓練，而是會耐心教導我們如何理解與欣賞文章。當大家都精明地只顧盲背模擬試題的答案，把「背得出」誤以為理解，甚至不再理會文章本身時，

老師卻不合時宜地訓斥我們，叫我們不要本末倒置，為成績而漠視文章的精彩與閱讀的價值與樂趣。

我不清楚別人的反應，但我真的感到茅塞頓開！從此，我看文章甚至溫習的方式不再一樣：開始不大理會那些為應付考試而設計的「精讀」，把心思放回文章；不單只要記得，還要能夠清楚說明每篇課文的重點與細節才當自己明白。說來神奇，我背得越來越少，記得的卻越來越多，甚至開始明白那些文章為何值得千古傳頌。有生以來，我第一次覺得自己終於真正踏上了學習之路。那年我的中文科成績是全班第三名，老師送了我一本小思著的《承教小記》，至今仍然放在我書桌的書架上。

三

1991 年我進了中文大學，主修哲學。由於太多哲學書與論文要看，文學就被擱在一旁。不過，由於一年級時很迷存在主義，沙特、卡繆跟卡夫卡的小說倒是看了一大堆，但看得懂的半篇也沒有。而除了卡夫卡的〈蛻變〉跟沙特的《無處可逃》之外，全部都覺得沉悶難捱，不知有甚麼好看。二年級時，雖然也曾以卡夫卡的〈蛻變〉作了一次報告，但也說不出甚麼有意義的東西來。

不過，在唸碩士的時候，「貪得意」去旁聽了中文系楊鍾基

教授主講的「蘇（東坡）辛（棄疾）詞」，卻意外地成了我認識文學的另一個轉捩點。嚴格而言，這是我第一次——亦是唯一一次——上文學課。蘇東坡辛棄疾我當然知道，甚至可以隨時背出「明月幾時有」、「也無風雨也無晴」、「那人卻在燈火闌珊處」。但當楊教授把每首詞抽絲剝繭，分析當中種種關鍵細節時，我才發現自己根本從來都沒有明白過這些耳熟能詳的經典，甚至完全意識不到自己的無知。我旁聽了整個學期，一堂也沒有錯過，更常常不知羞恥地跟那些主修生討論爭辯。

更重要的是，通過這個課，我認識了中國古典詩詞專家葉嘉瑩教授的著作，尤其是她的《唐宋詞十七講》。坊間一般所謂賞析、入門，要不是純粹白話淺譯加些行貨讚美之言，就是不加說明煞有介事地硬套一些晦暗不明的「幽微」、「婉約」甚麼的，看了也不知是甚麼意思。前者析而不賞，後者賞（如果有的話）而不析，皆乏善可陳。直至看過葉教授的著作，才真正知道詞為何物。

葉教授對詞的解說清晰簡潔而不膚淺，詳盡而不累贅，且往往能結合詞人之歷史背景與個人際遇，一矢中的點出其技巧擅長，承何先、啟何後，閱後使人豁然開朗，並能對個別詞篇的意境寄託有真切體會。她的文筆親切溫婉，看她的文字彷彿聽到她在耳邊將每首詞的背景跟特色娓娓道來。閱讀她的著作，不單令我更加了解唐宋詩詞，更逐漸掌握到發掘深藏文字背後的情與理的竅門。

四

碩士畢業後有七、八年時間，我都是在補習社教英語。由於下午三、四點才開始上課，晚上總是在網上的論壇流連忘返到天明。在論壇裡，大家會討論各種各樣的話題，我亦開始寫一些簡單的書介，而第一篇比較認真深入的分析，就是收錄在本文集的〈現代人的輓歌：黃碧雲《七宗罪》〉。

這篇文章寫於 2003 年，原本是參加某個徵文比賽的稿件。雖然落選，自己卻覺得十分滿意，於是就放了在論壇和自己的 blog「頹苑」。十多年後，「好青年荼毒室」成立，問我有沒有文章可以放在他們的網站，我就把這篇文章交了給他們。有趣的是，當我無聊上網找這篇雜文時，發現竟然被人盜用了在網上發表。雖然論壇已經消失，尤幸「頹苑」仍在，否則便變成是我剽竊他人文章，水洗唔清。

五

真正進入文學領域，應該是在 2016 年 6 月 5 日。

由於中學師弟子陵的關係，我在 2016 年參加了本地文學團體「火苗文學工作室」一個叫「巴別詩會」的活動。活動非常特別，參加者各自揀選喜歡的詩，而且要找一兩個不同的譯本，

既討論詩的特色，亦品評譯本的優劣。我選了卞之琳的〈斷章〉跟鄭愁予的〈錯誤〉，因為除了當年會考課程的「新詩三首」──徐志摩的〈再別康橋〉、聞一多的〈也許〉和臧克家的〈答客問〉──之外，我知道的現代詩就只有小時候電台 DJ 洪朝豐在節目《日月星辰》開始時播出的「你在橋上看風景……」那四句很型的開場白，以及忘了從哪裡聽來的「我達達的馬蹄是個美麗的錯誤」──而我連這兩首詩的作者是誰也不知道！

為了準備詩會，我上網搜尋這兩首詩的作者與不同譯本。由於對找到的譯本不太滿意，就索性自己把兩首詩都譯成英文。這次經驗對我而言非常重要，因為要分享與翻譯，我平生第一次認真地靠自己的力量去細閱文學作品，第一次逼自己要想清想楚它究竟想表達甚麼、為何要如此表達，以及有何精彩但容易被忽略的地方。然後，我發覺整個過程雖然艱辛，卻是非常過癮！而當我終於似乎突破文字表面而觸碰到背後潛藏的深意時，更有種「從前的我原來是多麼不堪」與「終於對得住偉大文學心靈」的感覺。

六

雖然我是由參加詩會開始，但火苗舉辦得最多的是以小說為主題的讀書會。一直以來，我看的都是流行小說。是有試過因為不甘後於哲學系那些才華橫溢的同窗而拿起那些文學經典

來生吞，卻總是吃不出味道。通過火苗的讀書會，我接觸到很多聽也沒有聽過的作家與作品。火苗的班底絕大部分都是唸文學出身，文學根基紮實，有些更是非常出色的作家與詩人。我是唯一沒有受過文學訓練的成員，唯有取長補短，借用不同哲學理論的資源，以哲學思辯的方式閱讀文本，力求可以開發出不同的討論與思考空間。

對於經典名著，我絕不怠慢；假使看過一遍覺得不外如是甚至不明所以，我定必把責任歸咎於自己學養不足，閱讀得不夠仔細認真。因此，我總是努力嘗試在平淡無奇與細微幽暗之處發掘作品的特色與價值，火苗諸君亦戲稱我有一對「善良之眼」，就算垃圾都找到些值得欣賞的地方。

當然，我也不是看不出問題、只懂盲目吹捧——好歹我也是哲學系畢業，本業就是批評和挑剔嘛！但正是找渣容易尋寶難，閱讀時把作品表面的缺點視為作者留下的謎題，把時間花在將作品解讀成能夠匹配其經典地位，不是更有挑戰性，對自己更有意義嗎？當然，前提是我相信火苗選的都是有質素的作品。

因為火苗，我不單看多了很多小說詩詞，更因為常與受正統文學訓練的文友切磋交流，提升了對作品的理解與感受能力。後來亦曾以火苗成員的身份，替「天地圖書」的翻譯文學系列撰寫導讀，與及參與電台節目《文學相對論》。火苗又在 Medium 開了一個大家合寫的《火苗文人．人文專欄》，我負責一個叫「詩

前想後」的欄目，第一篇便是收錄在這裡的〈不簡單的你：卞之琳〈斷章〉〉。

七

本文集收錄了 36 篇文章，記錄了我對不同文學作品——包括古典詩詞、現代詩、流行歌詞以及小說——的思考，取名《謎樣的森林——與你沉迷文學導賞 36 則》。對我而言，最有趣的作品都是一個個充滿謎團、有待解開的謎題：明明可以兩三句便交代到的為何要寫三大段？寫得這麼累贅是否有甚麼必要？這裡又為甚麼不加解釋？是否想引導我們去思索甚麼？這個故事是否真的如此簡單？作者真的只是想說這些無聊的東西嗎？寫對父親的懷念為何不是寫父女間溫馨的回憶？之所以感到奇怪，通常是因為作品的情節安排與表達方式跟一般人——主要是我自己——的做法與預期有出入，而這往往是作品獨特精彩之處的徵兆。弄清楚這一切，為作品提出一個最合理而又能彰顯出其價值的理解，既是讀者對作品的責任，亦是閱讀樂趣所在。

我常覺得文學就好像一片無邊的森林，內裡長滿各種千奇百怪的生物，各有自己特性，有待發現。這本書是從我的視角拍攝出來的森林眾生相，本身既是收藏著我的文章的一個小小森林，也希望它能夠成為文學大森林中的一條小草。雖然今時今日我們已經可以把成千上萬的文學作品儲存在一部巴掌大的

電話，但我比較 old school，總覺得無論多美好的靈魂，都要體現在一個合適的身軀才算完整；而作品的肉身——紙本書，正是來自森林中的樹木。再者，「森林」這兩個字由一個個「木」字堆疊砌成，本身就好像一件件作品陳列在前，很符合本書的精神。

八

打從一開始決定出版這本書時（講緊根本未有出版社向我表示有興趣出嘅時候），我就決定了兩件事：1) 封面要由 Lulu 負責；2) 要找很多人寫序，狐假虎威一番。

大概二十年前，我剛開始教哲學，其中有一班是那些校外課程的「心靈哲學」，上課地點是美孚某間中學的課室，還是用黑板粉筆。班上有兩位非常專心，而且很有氣質的女同學，課後閒聊時才知道她們都是唸藝術的畫家；更後來才知道，其中一位原來是行內知名的 Lulu 倪鷺露（另一位啲畫後來都賣得好貴）。那個課只有 8 堂，但我們的友誼卻直到現在。感謝 Lulu 為本書設計繪畫封面，令這個謎樣的森林得到更圓滿的生命。

本書大部分談論詩詞的文章都曾在《火苗文人，人文專欄》發表；而其他——除了寫黃碧雲的《七宗罪》那篇——文章的基本想法都源於火苗讀書會的討論。因此，要找人寫序，苗主黃

國軒的御筆自是不可或缺，他亦一口答應。感謝苗主賜序。

數年前，一個日間的哲學課上，從來沒有人坐的第一排座位，忽然坐著一位明顯較其他同學更為成熟的男士，心諗：「咩料？踩場？」但也不以為意堂照上。一個一個星期過去，他居然都有來旁聽，還聽得津津有味似的。後來（幾咁孤陋寡聞後知後覺呢我！）才知道他就是鼎鼎大名的散文作家郭梓祺！我們後來一齊參與荼毒室的讀書會，聽他談英詩論小說（寫海明威的〈殺手〉那篇文章就是受他啟發），也一起行過山。感謝阿祺忙於搬屋之際，屋都唔執幫我執咗個序。

我是在一次跟學生拍畢業照的場合認識 Sabrina。那陣時不知道，我將會跟這位專門研究法國文學跟香港文學的朋友，成為文學對談與教學的最佳拍擋──油腔滑調配搭真材實料。說「合教」是有點言過其實，因為我從她身上學到的肯定比付費的學生更多。關於卡繆、艾諾跟鍾逆的文章都是因為她才得以成形。感謝 Sabrina 二話不說便答應為本書寫序。

綺華和我都是火苗讀書會的常客。我後來才知道她是小說家，她的《失語》我更是一讀便愛不釋手。我出席過她的分享會，也為她主持過分享會；她又做過我跟 Sabrina 班上的學生，原來又是哲學系的師妹。感謝她在為自己新作出版奔波之時抽空為我寫序，令本書更加親切圓滿，簡直有家人齊集的感覺。

當我告訴阿祺找了這麼多人（未計我和編輯）為這本書寫序時，他即刻話嚇親：「係咪誇張咗少少！」我跟他說：「好開心呀！好似一班良師益友聚會咁，分分鐘序好睇過正文。」

九

本書得以出版，必須首先感謝火苗諸君，尤其是子陵、家豪、大榮、阿升、醒夢、阿 Sam、詩哲、阿業、嘉樂、Candace、Alvin、Vincent 和 Emily。除了苗主，我特別要感謝阿誠，他對小說的見解深刻獨到，跟他討論交鋒最為刺激，樂趣與得著亦是最大。

感謝《明報》世紀版主編 Helen 黎佩芬，本書大部分文章都曾刊登於世紀版。感謝出版我第一本文集《尋常與作樂》的香港文學館，特別是小樺姐以及一眾編輯（尤其是陸晛和紫翹）——〈曖昧的距離：顧城〈遠和近〉〉、〈遇上從前的自己：辛波絲卡〈少年〉〉跟〈嚴肅的輕蔑：米蘭・昆德拉〈愛德華與上帝〉〉都曾在《虛詞》或《無形》發表。感謝天地圖書的編輯 Elsa ——〈終極的抉擇：卡夫卡〈蛻變〉〉是由我為天地圖書出版的《變形記》（「天地外國經典文庫」）的導讀修改而成。

我必須再次感謝「五夜講場」的監製羅志華與 Phoebe。我在 2018 年加入《哲學有偶傾》，第一次出鏡便是跟作家喬靖夫暢

談武俠小說的〈行俠江湖〉。之後亦有不少集數以文學為主題，包括介紹存在主義文學的〈文學哲學放不開〉、〈戲說存在主義〉跟〈卡繆：瘟疫中的異鄉人〉，探討詩的〈抽詩剝繭〉，以及分析林夕詞作的〈夕爺無限好〉。後來，我更被小樺姐捉了去《文學放得開》班門弄斧，在詩人 Sonia（黃鈺螢）與學者陳煒舜教授面前獻醜談詩。當日言談甚歡，這集「是時候詩了」更成了我最喜愛的其中一集。後來更因這次合作衍生更多合作，包括在《已讀不回》說了幾次書，以及有機會在學術期刊《華人文化研究》發表了第一篇文章（感謝陳煒舜教授），還出版了第一本個人著作。

　　我還想在這裡感謝當年補習社「綠蔭教育」與「蘆葦教育」的負責人 Miss Chow，每星期給我一個小時，任由我根據自己的喜好，教一班包括不同年級中小學生的中文課。我不理課程，不教答題技巧，每次隨心選一首詩、一闋詞、一篇散文或一篇很短的小說，然後邊教邊在白板上亂畫，邊想如何教，如何能令大家感受到作品的趣味與精彩。同學來之前無需備課，堂上課後亦沒有功課（Miss Chow 是有表示過不滿的），可以說毫無壓力。雖然這個課對提昇成績似乎沒有甚麼幫助，大家卻似乎都樂在其中，居然持續了四年。本書中關於詩詞部分的基本想法，其實主要就是來自這個課。因此，我要特別感謝現在已長大成人的幾位核心同學 Tracy、家榮、Cat、浚樂、俊德、旻軒、明正同子欣。

當然，我更是十萬分感謝界限書店的 Amber、Leanne 和責任編輯 Lester，膽敢冒險出版這本文集，並且在製作過程中花了大量時間心力，提出了很多寶貴的意見，才成就了這部小小的導賞分享，使我可以跟大家攜手尋幽探秘，沉迷在這個謎樣的文學森林。

十

　　作為一個哲學人，出版一本關於文學的書的其中一個目的，就是要給自己一個機會，去感謝把我帶到這個文學森林的冼玉芳老師，並以此為藉口逼她重執紅筆批閱這批習作，為本書寫序。能與老師同場出現，是學生無上光榮。

　　謹以此書獻給冼玉芳老師。

輯一：糾結微妙的關係

不簡單的「你」：卞之琳〈斷章〉

卞之琳 (1910–2000) 的作品〈斷章〉，只有短短四行三十五字，但用字簡約精煉，結構巧妙新奇，不單是他的個人代表作，更是詩——不只是現代詩——中經典。

你站在橋上看風景，
看風景的人在樓上看你。
明月裝飾了你的窗子，
你裝飾了別人的夢。

〈斷章〉主要由名詞 （「橋」、「風景」、「人」、「明月」、「窗子」、「夢」） 與代名詞 （「你」），加上三個完全靜態的動詞 （「站」、「看」、「裝飾」） 組成；而除了明月的「明」，再沒有任何其他描述性質的形容詞或副詞。然而，詩人卻成功營造出表裡之間的微妙張力：表面上，詩的形式予人一種簡單、直接、靜止、寧靜、和諧的印象，然而內裡卻隱藏了複雜、曲折、動態與對立。

首先，詩的主角是「你」——不是「我」，也不是「他／她」。以「我」為主角，讀者自然代入詩中人以第一身觀點看事物；如果是「他／她」，則讀者成為完全抽離的旁觀者。一開首見到「你」，讀者隨即意識到自己與作者的存在，並聯想到作者或作為讀者的「我」與詩中人有某些特定關係，同時又保持一定的距離，不同可能觀點的存在已見端倪。

　　「你」在做甚麼？「你」站在橋上看風景。「站」與「看」都是靜態的。站跟坐或躺不同，是有生命、需要有意識維持的姿態。「橋」表示過渡與連接，靜止中暗示變化與流動。雖然只是站在某個固定的位置，「你」卻是在看風景，以目光翱翔四方。「你」看到怎樣的風景？詩中雖沒有直接交代，卻令讀者不期然形成某些畫面。「你」站在橋上，自然看到橋。橋不會虛懸半空，因而橋下不斷流向前方的河與左右兩端盡處的河岸亦隨之呈現。詩中完全沒有著墨交代「你」看到甚麼景物，但整個以「你」在橋上的立足點為中心，隨著河流、橋與岸向前、後、左、右水平地開展的寬曠空間，卻躍然紙上。

　　這裡可以更清楚看到以「你」作為主角的巧妙與複雜之處。如前所述，讀到「你」逼使讀者意識到這個存在於詩之外的「我」。而當「我」隨著「你」的目光看到橋、河與岸之後，很自然會看到另一個畫面，就是「你」所看到的景物再加上「你」這個在橋上看風景的人。換句話說，「你」從觀看主體轉化成「我」的觀看對象。這個「我」可能是詩的作者，亦可能是正在看詩的

讀者。是作者還是讀者、乃至不同的讀者，看事物的觀點皆不同，因而所看到的風景也不一樣。

　　很複雜是不是？不幸這只是個開始。詩人巧妙地在詩中再加入一個觀看者：在「你」看風景的同時，「看風景的人在樓上看你」。作為讀者，我心裡的視線由橋到樓斜角往上拉，焦點從「你」轉移到看風景人。我看到甚麼？我看到一個在樓上看風景的人的視線，由樓上斜斜向下投向站在橋上看風景的「你」。看風景人把「你」從觀看主體轉化成他觀看的對象，使「你」成為他看到的風景的一部分。這裡即時產生了一系列有趣的問題：這個看風景人是誰？只是我看到的風景中的其中一個人？還是其實是作者本人？或許是我這個讀者？

　　更有趣的是：「你」是否看到這個看風景的人？如果看到，看風景的人便又成了「你」所看到的風景的一部分，如此，則看風景人看到的風景又跟剛才以為的不一樣……甚至，「你」是一開始便知道、還是後來才發現被看風景人看著？透過環迴的句式結構（你──看風景──看風景人──看你）以及觀點的交疊與游移，詩人成功以最簡約的文字營造出頗堪玩味的曖昧與曲折。

　　在第二部分，詩人又將我們由室外帶到室內：「明月裝飾了你的窗子」。讀者通過「你」的眼睛，透過窗子看到天上的明月。寫的只是「明月」，卻同時令讀者聯想到漆黑的夜。明月的

出現，不單帶來光明，更令黑夜活起來；而黑夜的意義，卻又正在於成就明月——沒有黑夜，月又如何發出光華？明月不是單純掛在天上，而是鑲嵌在「你」的窗框中漆黑的夜幕之上，為「你」帶來亮光，令「你」的窗子不再只是平淡乏味的空洞，而化成一幅淡雅的月夜圖。

那「你」呢？「你裝飾了別人的夢」，「你」如明月般照亮別人的生命。現實中的「你」成為別人的夢的中心：別人的夢因「你」獲得意義與價值，而「你」亦因使別人的夢圓滿而有了意義和價值，就如明月因黑夜才亮麗。當明月裝飾了「你」的窗子，令得「你」更美好，這個美好的「你」同時令得別人的夢更美，而通過令別人的夢更美又反過來加添「你」的美。這個「別人」是誰？是作者？是那個看風景人還是其他人？是「你」重視的人還是重視「你」的人？

這便是斷章，是不同觀點看到的景觀的堆疊。觀點有其限制，看到的總有所遺漏；而所見的片斷有何意義，亦會隨觀點視角與背景的推移而轉化。詩人成功之處，正在於能夠以最簡約的筆觸，描繪出這種至複雜幽深的意韻，令人回味無窮。

（原文刊登於《火苗文人，人文專欄》；後來亦收錄於《華人文化研究》2021 年 12 月（9：2 期）。）

美麗的錯誤：鄭愁予〈錯誤〉

直到大約十年前，我認識的現代詩其實只有五、六首，除了中學會考課程中聞一多的〈也許〉、徐志摩的〈再別康橋〉和臧克家的〈答客問〉，就是徐志摩的〈偶然〉、卞之琳的〈斷章〉，以及這首鄭愁予的〈錯誤〉。

　　我打江南走過
　　那等在季節裡的容顏如蓮花的開落

　　東風不來，三月的柳絮不飛
　　你底心如小小的寂寞的城
　　恰若青石的街道向晚
　　跫音不響，三月的春帷不揭
　　你底心是小小的窗扉緊掩

　　我達達的馬蹄是美麗的錯誤
　　我不是歸人，是個過客……

　　詩一開首先交代兩位主人翁：「我打江南走過／那等在季節裡的容顏如蓮花的開落」。在中國古典詩詞的傳統中，江南一般予人的印象，是一片繁華、美好、令人留戀的地方。「我」走過江南這美好的地方，裡面有一個正在等待的「你」。「你」是誰？詩中沒有明顯交代，但把容顏連繫到蓮花，應該是個貌美如花的女子。隨著花開花落，「你」已等了多年，而這些在等

待中流逝了的都是你最美好的歲月，「你」的容顏也如蓮花般由盛放變得萎靡。

詩的主要篇幅描寫「你」等待的狀況。「東風不來，三月的柳絮不飛」，看見這句，讀者自然會聯想到寫的是「我」所經過、「你」在其中等待的江南的景致。暮春三月，春天已臨近尾聲，美好的日子悄然流逝。沒有一絲春風，止得連柳絮也飄不起來。但隨即一句「你底心如小小的寂寞的城」，立時又令讀者否定了這個想法：原來寫的不是——或不只是——周遭環境，而是「你」的心境。「你」在等待的心，如一個沒有人、甚至連春風也不來的城。

「恰若青石的街道向晚」——向晚黃昏，正是白日將盡、一切美麗景色隨時轉瞬隱沒於黑夜之際。在這個人們完成一天工作的時份，街上理應擠滿趕著歸家的人。然而，城中冷硬的青石街道——不是吸音的泥地——卻是「跫音不響」，沒有一點腳步聲。「三月的春帷不揭」，沒有要等的人、帶來消息的人、甚至沒有風來到掀起家的門簾。正常情況下，在等待的人總希望及早見到迎接的對象，所以一般都會懷著興奮心情，盡量站到最前方——驛站渡頭、城門外、歸家路上、家門前引頸以待，或至少在家中透過窗戶凝望歸人的方向，務求第一時間見到要等的人。然而，年復一年的落空，已令「你」習慣、甚至預期失望。

如果真的絕望，反而會接受現實，不再有任何期待。但

「你」卻要刻意把心窗緊掩封閉，矛盾地要把一切消息——其實是沒有消息——隔絕開去。這正表明，「你」還是有所期盼，才會不忍直接面對這個事實：今天跟昨天、前天以及這些年來的每一天——甚至明天——其實都是一樣，要等的人根本不會出現。詩人巧妙地以環境譬喻心境（一般是反過來，把心情融入環境之中），由城至窗越收越窄，成功地把抽象的心境——一個絕對靜止與寧靜、極度封閉和無比孤寂的狀態——具體呈現出來。

讀到這裡，讀者一般可能會有兩種想法，視乎如何理解「我」跟「你」的關係。根據第一種看法，由於「我」和「你」通常暗示了某種連繫，因此令人不期然把「我」看成是「你」所等待的人、或至少是為「你」帶來消息的人。因此，隨著「我」的到來，「你」的等待總算有所回報，算是一個不錯的結局。根據第二種看法，「你」跟「我」其實互不相干，「我」只是一個純粹路過的旁觀者，偶然被正在等待的「你」吸引，對「你」的心情作出一番猜想之後繼續上路，而「你」則依舊絕望地等待。無論是哪一種看法，故事都似到了盡頭。詩人厲害之處，正在於居然能夠以出人意表的方式把詩再推進一層！

實情似乎是這樣：「我」走過江南，偶然遙遙瞥見正在等待的「你」，不由自主受到「你」那死靜、封閉與孤寂的心靈吸引。與上面第二種看法相似，我本來只是一個路過的旁觀者，然而在想到「你」的心情的一刹那，「我」卻驀然驚覺自己騎著馬兒，同時意識到自己已經犯下了一個無可挽回的錯誤。「我」當然不可

能無聲無息地走過，而「你」靜止、寧靜、封閉和孤寂的狀態亦將一下子隨著「我」的到來被打破。經年落空的渴望，將令「你」無法抑制地把「我」誤以為是「你」要等待的人，所有壓抑多年的希望與冀盼將於一瞬間爆發。悲哀的是，我其實只是個過客而不是歸人，最終到「你」發現真相的時候，勢必墮進更深的絕望與痛苦。最悲慘的並非陷於深淵最深處走不出來，而是被人從深淵最深處拖上來，剛剛瞥見久違了的天空，卻立時再被丟回原地。

而更悲哀的是，這一切其實還未發生，但當「我」意識到我將為你帶來的不幸時，馬兒早已飛馳而過，大錯亦已鑄成。「我」不再是個旁觀者，而是親手把你帶進地獄的使者。這是美麗的錯誤，因為它為「你」帶來了希望——而這正是「你」的希望燃燒得最亮麗的一刻。透過精心的計算、出人意表的安排，詩人準確地捕捉了「我」跟「你」、希望和絕望、美麗與殘酷即將擦身交錯那微妙的刹那。

自古以來，寫等待的詩多不勝數，但書寫的角度，不外乎等待者、等待對象或旁觀者。正當大家以為這已窮盡一切可能時，〈錯誤〉卻淡然的說：「你們都錯了」——詩人居然創造出一個嶄新而複雜的視角：一個因突然發覺自己將被「你」誤會是等待對象、而在瞬息間由旁觀者轉化為以另類方式介入的當事人！看到詩人如此把不可能化作可能，讀者也只好承認自己的錯誤了。

（原文刊登於《火苗文人，人文專欄》。）

曖昧的距離：顧城〈遠和近〉

我非常喜歡顧城（1956 — 1993）的詩，尤其那些用字淺白、篇幅短小，卻蘊含複雜互動，呈現出飽滿張力的作品如〈一代人〉、〈星月的由來〉以及以下這首〈遠和近〉。

你，
一會看我，
一會看雲。

我覺得，
你看我時很遠，
你看雲時很近。

詩從「我」的觀點出發，以「你」作為「我」關注的焦點。全詩分為兩節：第一節寫「我」看到的「你」；第二節寫「我」看「你」時的不同感覺。詩的結構表面上顯淺得簡直容不下解釋的空間，但我卻認為它有一股莫名的攝人魔力，毫不簡單。

首先，整首詩呈現出一個極度簡約的畫面：只有「你」、「我」和雲，而且沒有半個描述性質——不論是顏色、大小、形狀、味道、氣味、聲音——的形容詞，令讀者對「你」、「我」和雲本身一無所知。而僅有的形容詞「遠」和「近」，交代的甚至不是三者的客觀關係，而只是「我」對「你」的主觀感覺。全詩只有兩個動詞——「看」和「覺得」，沒有任何肢體動作。雖然整體而言給人一種靜止與寧靜的印象，卻沒有絲毫單調、僵硬與呆板的感覺。

關鍵在於副詞「一會」。首先，「你」在看「我」、看雲，可以只是兩者剛巧同時落入「你」的視線範圍。然而，「一會」暗示「你」的目光並非固定不變，同時亦透露了「你」的看並非在「我」與「雲」之間大幅度的急促來回，而是偶爾停駐在「我」身上。換句話說，詩人在選取動詞時刻意壓抑一切動作，卻以副詞「一會」來誘導讀者自行想像「你」的眼睛——至多頭顱——最輕微的轉動。

此外，雲的引入也是妙筆。如果通篇只有缺乏任何具體特質的「你」跟「我」（甚至是男是女也從沒交代），未免單調得過分。雲的出現，立時給讀者的視覺想像帶來新的刺激，令整個畫面與涵意都豐富起來。此外，隨著「你」的視線投向天上，畫面也由地上「你」與「我」之間的橫向維度緩緩向上、向遠方天際拉開，開拓出偌大的空間。雲雖看似靜止，實則總是處於微妙變化之中，為畫面賦予了躍動的生命。而雲本質上虛無飄渺，

有形而不定；無聲無息，存在卻不實在，不單沒有喧賓奪主，更恰如其分地點綴了「你」與「我」的世界。

第二節甚至沒有再加添任何景物事態，純粹寫「我」看「你」時的不同感覺：看「我」時的「你」令「我」感到很遠，而看雲時的「你」卻令「我」覺得很近。對「我」而言，「你」應該有某些特別的意義，否則「我」不會一直注視著「你」，還會因「你」細微的視線變化而受到影響。問題是：「你」和「我」的客觀距離似乎由始至終沒有改變，為甚麼「我」對「你」會有不同感覺？還要是如此的感覺？這個寫法令人不期然去思考內裡玄機，而只要一開始設想思量，便會引發更多疑問，呈現出無限可能。

「你」和「我」是否相識？如果相識又是甚麼關係？「你」是刻意看「我」還是無心瞥見？「你」看「我」時是笑意盈盈還是眉頭深鎖？抑或若有所思？「你」望向「我」時有否留意到「我」注視著「你」？「你」的姿態神情又有否因留意到「我」看著「你」而有所改變？到底是甚麼令「我」覺得「你」看「我」時很遠，看雲時很近？所謂「遠」和「近」究竟是甚麼意思？這一切一切，整首詩皆沒有作出絲毫交代。結果，各種不同甚至互相衝突的解釋似乎也可能成立。

一般人可能會這樣想：「我」與「你」偶然邂逅，即被「你」深深吸引；或者「我」跟「你」原就相識，對「你」情愫暗生。因此，當「你」看雲時，「我」可以放膽盡情細看「你」；但當「你」

回頭看「我」、令「我」由觀看者變成「你」注視的對象時，「我」
隨即感到自慚形穢、害羞、尷尬、不知所措，覺得「你」遙不可
及。這是一種青澀、靦腆的浪漫。

　　但亦可能是：「我」和「你」是戀人，一起如常看雲。當「你」
看「我」時，「你」的眼神無意滲出一絲冷漠與陌生。剎那間，
「你」變得遙不可及。或許「你」也察覺到自己不當的情感，為
了躲避「我」的目光，下意識抬頭看雲。這個樣子，卻明明又是
「我」那熟悉的愛人。這是淡雲下的暗湧閃現。

　　我們可以作出無數猜想，卻無法肯定哪一個才是真正答案。
這短短六行，引發了無盡曖昧不明與模稜兩可。

　　（原文刊登於《虛詞》。）

寂寞的相遇：林夕〈有心人〉

作為歌手，「哥哥」張國榮並非以技巧取勝，而是以他那獨特的魅力俘虜眾生。有些歌更是只有他才能演繹出箇中味道，譬如林夕寫的〈有心人〉。驟眼看來，這首詞畫面貧乏、色彩淡薄，毫不起眼。然而只要肯把歌詞細細咀嚼，即可嚐到當中深入骨髓的寂寞、百結柔腸的渴求與嫵媚動人的忐忑。

> 寂寞也揮發著餘香　原來情動正是這樣
> 曾忘掉這種遐想　這麼超乎我想像

一開首的「寂寞也揮發著餘香」，當中沒有出現「我」跟「你」，卻纖細地捕捉了「我」對「你」一見鍾情的微妙刹那。當「我」第一眼看見「你」的時候，看到的並非外表姿態，而是「你」內心的寂寞。這寂寞的感覺具體化成擁有氣味，但卻又只是慢慢揮發殆盡後剩下的餘香，隱隱地吸引迷惑著我。簡單的一句，蘊藏了千迴百轉的虛虛實實，奠定了整首詞的基本調子。

在看到「你」這刻，「我」才驀然驚覺「原來情動正是這樣」。以往「我」也渴望過愛情、也曾經不著邊際地幻想過千百種邂逅時浪漫旖旎的情景與感動，可惜事與願違，使「我」絕望到已把這種遐想忘掉。今日突然碰見，才曉得那股震撼完全超乎想像。

> 但願我可以沒成長　完全憑直覺覓對象
> 模糊地迷戀你一場　就當風雨下潮漲

假使「我」還年輕，大概應該會任憑自己的情感直覺牽引，不顧一切、不理後果地去迷戀一場吧！這猝然爆發、洶湧澎湃的激情，就算只是狂風驟雨下的漲潮，終究會止息退隱不見，甚至把自己摧毀吞噬，也沒有所謂。可是，「我」已經世故成熟，已經懂得、習慣了理智地分析和計算：個人的榮辱與前途、付出與回報、世俗的目光……種種顧慮權衡，令「我」必須長期把情感抑壓。抑壓耗盡「我」的心力，但情感卻不會消失，反而積存起來更加洶湧濃烈。久而久之，情感雖然猶在，但已無力表達，甚至渴望也似不能。因為無力但仍有心，此情似注定無所寄託，所以寂寞；而正因為寂寞，才會一眼看到「你」的寂寞，便不能自拔地被那餘香震撼吸引，壓抑的情感才會被猝然誘發。

如果真的太好　如錯看了都好　不想證實有沒有過傾慕
是無力或有心　像謎像戲　誰又會似我演得更好

就在這獨自沉醉的剎那，「我」驀然察覺「你」的異樣：彷彿無力控制那澎湃的傾慕；又好像刻意裝模作樣，來吸引「我」的注意。「你」不知有心還是無意，流露出這如謎似戲的表情，令「我」禁不住去想：其實「你」的心情是否跟「我」一樣？「我」的第一個反應自然是想要弄清究竟，但隨即又壓制這強烈的慾求。如果證實「你」竟然也真的對「我」有意，固然是出乎意料地太好。但即使「我」其實是會錯了意，能有過這一刻心動也很好呀！而只要一日未經證實，也可以保留一絲希望，因此「不想證實有沒有過傾慕」。「證實」是理智的要求，而缺乏自信的「我」

這刻只管沉醉享受那熱戀的感受。

　　但為何會有如此猜度？只因這根本是「我」的感覺：被「你」的寂寞牽起強烈情感，既壓制不了怕「你」察覺，但同時又想讓「你」自己看破。把這說成是無人可比的演技，刻意強調自己能夠控制自如，反顯出「我」控制不了，同時亦透露出「我」渴望「你」真的對「我」傾慕。換句話說，整個副歌表面上只是交代「我」對「你」的猜想，其實更加呈現了「我」的忐忑和渴望。

　　從眉梢中感覺到　從眼角看不到　彷彿已是最直接的裸露
　　是無力但有心　暗來明往　誰說這算是情愫

　　口說「不想證實」但又情不自禁，想從「你」的姿態神情，搜索出對「我」心意的蛛絲馬跡。慣於掩飾內心的「我」以己度人，從「你」望向「我」時的微妙表情，看出「你」那克制矜持下最直接赤裸的袒露：喜悅現於眉梢，卻又壓抑著不讓笑意蔓延至眼角浮現。「從眉梢中感覺到／從眼角看不到」，淡然的表情蘊含澎湃的激情，感覺壓抑而嫵媚。

　　至此，在這眉來眼去、暗來明往，無力但同樣有心的互動中，「我」肯定「你」應該跟「我」一樣，既有萬語千言急於傾吐，但礙於現實卻又無可奈何不得張揚顯露。然而，再想深一層，如不能盡情表露，誰又能肯定當中真有情愫，而不是「我」一廂情願的癡心妄想？

整首詞最特別之處，在於通篇描繪「我」對「你」的濃烈愛意，卻連一個「愛」字也沒有，只有抽象淡然得多的「情」字；而除了「你」的眉梢眼角之外，基本上沒有任何具體事物（連「風雨下潮漲」也只是喻體），甚至沒有場景，只有無形的寂寞、心動、壓抑與忐忑，但詞人卻能把這抽象的感覺真切呈現，把一個寂寞的心因察覺或錯覺對方的寂寞而互相觸動，卻因不能互相確認而心裡忐忑的曖昧一刻，描寫得細膩而充滿張力。

（原文刊登於《火苗文人，人文專欄》。）

遇上從前的自己：辛波絲卡〈少年〉

//

　　每一個上了年紀的人都年輕過，這意味著世上總曾有一個年輕人，她跟自己既是最親近、但又總是有點陌生。假使能夠重遇過去的自己，你會對她勉勵安慰？還是罵聲連連，向她抱怨自己後來的不幸？波蘭詩人維斯瓦娃·辛波絲卡(Wisława Szymborska，1923 — 2012) 在她的詩作〈少年〉(Teenager) 中，呈現出面對年少的自己時的微妙糾結。

Teenager

(Translated by Clare Cavanagh &

Stanisław Barańczak)

Me—a teenager?
If she suddenly stood, here, now, before me,
would I need to treat her as near and dear,
although she's strange to me, and distant?

Shed a tear, kiss her brow
for the simple reason
that we share a birthdate?

So many dissimilarities between us
that only the bones are likely still the same.
the cranial vault, the eye sockets.

Since her eyes seem a little larger,
her eyelashes are longer, she's taller,
and the whole body is tightly sheathed
in smooth, unblemished skin.

Relatives and friends still link us, it is true,
but in her world nearly all are living,
while in mine almost no one survives
from that shared circle.

We differ so profoundly,
talk and think about completely different things.

She knows next to nothing—
but with a doggedness deserving better causes.

I know much more—
but not for sure.

She shows me poems,
written in a clear and careful script.
I haven't used for years.

I read the poems, read them.
Well, maybe that one
if it were shorter
and touched up in a couple of places.
The rest do not bode well.

The conversation stumbles.
On her pathetic watch
time is still cheap and unsteady.
On mine it's far more precious and precise.

Nothing in parting, a fixed smile
and no emotion.

Only when she vanishes,
leaving her scarf in her haste.

A scarf of genuine wool,
in colored stripes
crocheted for her
by our mother.

I've still got it.

少年

（翻譯：李敬恒）

我——一個少年？
如果她突然站在，此地，此時，我的跟前，
我是否需要把她當作親近的人，
儘管她對我來說遙遠，而且陌生？

流一滴眼淚，親吻她額頭
就為我們出生在同一天
這單純的理由？

我們之間有很多不同
依舊一樣的可能只有那些骨頭。
那頭顱，那眼窩。

因為她的雙眼看來大一點，
她的睫毛更長，人更高，
並且整個身軀都緊套在
光滑、無瑕的皮膚裡。

親朋戚友依舊連繫著我們，不錯，
但在她的世界裡他們差不多全都活著，
而在我的世界裡這個共同圈子中
活下來的卻幾乎沒有一人。

我們不同得深切如此，
談論與思考完全不同的事。

她幾乎一無所知——
但有一種值得擁有更好的倔強。

我知的多得多——
卻搖擺不定。

她給我看些詩，
以清晰而謹慎的字體寫成。
我已多年沒有用過。

我讀這些詩，讀著它們。
嗯，或許那一首
假使它再稍微簡短
並在某幾處略為修飾。
其餘的都預示著隱憂。

對話結巴吞吐。
在她那病態的手錶上
時間仍是便宜而浮動。
在我的錶上它卻珍貴且精確得多。

分別時若無其事，一絲僵硬微笑
且不帶情感。

就只是在她消失時，
匆忙中遺下了她的圍巾。

一條純正羊毛，
有著色彩斑斕的條紋
我們母親
為她鉤編的圍巾。

我仍保存著。

當一個人遇到年輕的自己時，究竟會有甚麼反應？既是同一個人，我跟年輕的自己本應是親密得不能再親，卻遺憾地注定不能碰面。假使能夠碰面，應該令人無比感動興奮：少年的我大概會好奇自己將來的命運，而老年的我應該會關切提點，安撫那年輕、躁動與迷惘的心。但詩的主人翁——年老的「我」——一想到要面對少年時的自己，即時的反應卻是錯愕與不知所措：

> 我——一個少年？
> 如果她突然站在，此地，此時，我的跟前，
> 我是否需要把她當作親近的人，
> 儘管她對我來說遙遠，而且陌生？
>
> 流一滴眼淚，親吻她額頭
> 就為我們出生在同一天
> 這單純的理由？

　　詩的劈頭第一句已表明「我」充分意識到自己年事已高：即使明知這是過去的自己，我又怎可能是這樣一個少年？面對眼前的少年，「我」感到的卻只有疏離與陌生。因此，由第二句開始，這個年少的自己已異化成為跟「我」不同的另一個人，並以第三人稱的「她」來代表。不錯，「我」跟「她」是在同一天出生，但僅此而已。單單這樣，是否就足以令「我」跟「她」熟悉親密，相遇時得熱淚盈眶，親切輕吻？「我」越是去想，越發覺「我」

跟「她」在各方面都極不相似。

> 我們之間有很多不同
> 依舊一樣的可能只有那些骨頭，
> 那頭顱，那眼窩。

> 因為她的雙眼看來大一點，
> 她的睫毛更長，人更高，
> 並且整個身軀都緊套在
> 光滑、無瑕的皮膚裡。

先看這副身軀：相比青春逼人的「她」，除了骨架大致相同，年華老去的「我」，全身皮膚早已暗啞鬆垂，雙眼因而顯得比從前細，睫毛隱而不見，身形也變得矮小。

> 親朋戚友依舊連繫著我們，不錯，
> 但在她的世界裡他們差不多全都活著，
> 而在我的世界裡這個共同圈子中
> 活下來的卻幾乎沒有一人。

「我」和「她」當然都屬於同一社交圈子，認識相同的人。可是，「她」生活於大家還在的時候，而到了今時今日，這些共同的親戚朋友已幾乎全都先後死去，剩下「我」孤身一人。

我們不同得深切如此，
談論與思考完全不同的事。

她幾乎一無所知——
但有一種值得擁有更好的倔強。
我知的多得多——
卻搖擺不定。

不單是外貌與社交生活，「她」跟「我」的思想、識見跟性格皆相去甚遠。由於年紀的差異，「她」跟「我」關心重視、常常掛在口邊、日思夜想的東西自然不一樣。「我」的人生閱歷當然比「她」豐富，知道的也比「她」多，但反而因此充滿顧慮與猶豫，失去了「她」——自己曾有的——那份一往無前的堅持與執著。說這是「值得擁有更好的倔強」，意味著「我」對這種性格仍然欣賞，但往後的際遇卻令「我」不得不遺憾地放棄、改變與成長。

她給我看些詩，
以清晰而謹慎的字體寫成。
我已多年沒有用過。

「她」把自己寫的詩給「我」看，似乎希望被「我」理解，得到「我」的認同和意見。喜歡寫詩的人總是比較多愁善感，對生活充滿各種思考和想像，還有一股要以自己獨有的方式把

這一切表達出來的衝勁與渴望。看到這些——即是自己年輕時寫的——詩，令「我」重遇那久違了的字體，以及當中包含對寫詩、以及觸發靈感的生活的熱誠與認真。

我讀這些詩，讀著它們。
嗯，或許那一首
假使它再稍微簡短
並在某幾處略為修飾。
其餘的都預示著隱憂。

「她」給「我」看的，自然是心目中的佳作。但「我」對「她」的詩作——亦暗示了對年輕時的自己——並不滿意：稍為好一點的一首也有不少瑕疵，而絕大部分作品皆顯示出「我」已早知的不幸：可能是「她」——亦即是「我」自己——根本沒有寫詩的才能，或詩中呈現的美好生活、想法與情感將會消失，又或者是那時對未來的憧憬注定無法成真。

對話結巴吞吐。
在她那病態的手錶上
時間仍是便宜而浮動。
在我的錶上它卻珍貴且精確得多。

這一切差異令得「我」跟「她」的對話難以繼續。「她」擁有太多時間，還沒有察覺到珍惜的需要，只管隨便揮霍；可是

「我」卻時日無多，因此每分每秒彌足珍貴，不容浪費在無謂的交流溝通。

> 分別時若無其事，一絲僵硬微笑
> 且不帶情感。

經過這番思量，對「我」而言，這少年似乎已真正完完全全脫離「我」，跟一個陌生人沒有兩樣。因此，當「她」終於要離「我」而去時，「我」只有一絲不帶情感的僵硬微笑，而沒有半點遺憾與惋惜。

> 就只是在她消失時，
> 匆忙中遺下了她的圍巾。

> 一條純正羊毛，
> 有著色彩斑斕的條紋
> 我們母親
> 為她鉤編的圍巾。

> 我仍保存著。

然而，就在「她」消失的一刻，我們發現，母親出於對「她」的愛與關懷而為「她」親手鉤編的圍巾，因為「我」對母親的愛與懷念而一直留存至今。至此我們終於明白，正是這深蘊愛與

思念的圍巾，打破「她」跟「我」的隔閡，把這個被母親關懷的少年，與思念母親的老人連結揉捻成為同一個人。

　　看到辛波絲卡這首收錄於 2009 年出版的詩集《此地》（Here）的〈少年〉，令我不禁想起香港年輕演員余子穎。不單只因為她曾經在 2021 年參與演出由任俠與林森執導的香港電影《少年》（May You Stay Forever Young），更因為她是 2023 年「鮮浪潮國際短片節」的開幕電影，由邵知恩執導的《My Pen Is Blue,》的主角。影片描寫一個基於某些原因被逼離家四年的少女，回家後的某一夜忽然重遇四年前還是滿腔熱誠的自己。回家後的「我」變得沉默，因為那四年的經歷與傷痛根本無法對別人訴說。但面對離家前的自己時才發現，有些話題甚至對著自己也難以啟齒，無從說起。我不知道她們的對話，因為由於電檢處的積極參與，本來 23 分鐘的短片，有大概 10 分鐘只留下漆黑靜默。但亦是這默哀般的靜默，不單逼使觀眾只能自發想像當中片段，更切身感受到她們（以及導演）的欲語不能。〈少年〉尖銳而細膩的說出歲月對人造成的自我疏離與分隔的普遍人類處境，而《My Pen Is Blue,》——影片本身以及整個上映的故事——則展示了比起歲月，暴力與傷痛如何能夠更有效的在一個人——甚至一個社會——與她年輕熱誠的過去之間，撕出一道更慘烈的裂痕。

　　（原文刊登於《無形》。）

法律與公義的糾結：馮・席拉赫《誰無罪》

　　一般而言，我們都會覺得法律跟公義有非常密切的關係。法律之所以存在，似乎正是要維護社會公義，保障所有人不會受到不合理、不公平的對待。同時，我們也好像習慣以法律作為公義的唯一標準：犯法的行為就是不公義，而法律認可的行為則沒有問題。事實上，不同社會有依據不同原則與機制產生的法律體系，對人民的要求也各有不同。這是否代表所謂公義本身也是因應不同社會而有所不同？假如一個社會的法律允許、甚至要求我們作出一些不合理甚至不道德的事情，又是否代表這一切因此就合乎公義？

　　我曾有幸獲得「香港歌德學院」邀請，與「好青年荼毒室」的鹽叔（楊俊賢）一同出席由德國、法國與意大利合辦的「歐盟讀書會」聚會「『罪』──走進德國暢銷小說作家費迪南・馮・席拉赫的世界」，欣賞改編自費迪南・馮・席拉赫（Ferdinand Von Schirach）同名作品的電影《誰無罪》（The Collini Case），並作

映後分享。為了準備分享活動，我把原著小說看了幾遍，令我重新反思法律與公義的關係。

《誰無罪》是一部不尋常的法庭案件懸疑小說：故事以一宗證據確鑿的謀殺案開始：85 歲的德國企業家 Hans Meyer 於柏林一間酒店被槍殺，身型高大的兇手 Fabrizio Collini 行凶後隨即自首，但卻一直保持緘默。有別於一般推理小說，故事耐人尋味之處不在於誰是凶手，而是案件背後的動機。初出茅廬的辯護律師 Casper Leinen 在接下這個案件後，才發現 Collini 殺害的竟然是待自己親如子姪的 Meyer。幾經反覆思量，出於對公義的執著，Leinen 決定要撇開私人感情的影響，基於事實與法理歇力為 Collini 辯護，最後揭開事件真相，更挖掘出二戰期間以及戰後德國一段令人不堪回首的黑暗歷史。

Meyer 是二戰時駐守意大利的德國軍官，在一次導致兩名德軍士兵死亡的炸彈襲擊後，根據上級指令槍斃 20 名平民作為報復，而其中一個被殺害的平民正是 Collini 的父親。戰後，Meyer 成了一位成功的商人，並且深得同僚與家人愛戴。Collini 曾經嘗試依循法律途徑討回公道，卻不得要領。眼見無法借助法律來為父親討回公道，Collini 才決定私下以自己的方式解決。

故事最有趣的是以法律的明確來彰顯公義的複雜與模糊。Meyer 只是執行自己作為軍人的職務，而這類報復式處決並非德國獨家採用，執行的方式原則上亦符合國際法的要求：不殺害婦

孺、不對被處決者施加不必要痛苦、處刑人數與遇難軍人比例相對「合理」等。而根據戰後的法律，他過去的所作所為也不算是犯罪，因此沒有違反任何法律。

另一方面，Collini 在父親死後 57 年，先是訛稱自己是記者，騙得 Meyer 跟他見面，再親手把他處決，明顯是基於私怨殺害一個手無寸鐵的清白老人。從法律的觀點看，事情似乎一目了然：Collini 處心積慮地殺了人，而 Meyer 雖有涉及在戰時殺害平民，但所作一切皆為法律容許。而就算當日 Meyer 真的有錯，事隔 57 年，他已經是一個完全不同的人，把他殺掉亦不見得合理。

問題是：Collini 的復仇是否公義？作為人子，Collini 為被入侵者射殺的父親復仇，雖然是出於私怨，但絕不是為了個人利益，更可被視為履行了作為兒子的責任。他本來也只是想把 Meyer 繩之以法，可是由於有關戰爭罪行的法律經過修訂之後，依據新法執法機關無法對 Meyer 提出起訴（有關細節就不在這裡討論，有興趣的朋友快快把書找來看啦！），絕望之下才親自下手為父親討回公道。另一方面，戰爭雖屬非常時期，而 Meyer 下令射殺 Collini 父親也只是執行上司命令，為的是國家利益而非個人私怨；但是德國本身是入侵者，殺害的又是無辜平民。實際上，當時處刑的方式也並非完全合乎戰時國際法的要求，只是後來的修訂令他得以脫身。這一切又令得 Collini 的行動看來不單只情有可原，甚至只有這樣才算公義。

但實情又是否如此簡單？如果復仇是合理、甚至是公義的要求，那麼請不要忘記，由 Meyer 下令的報復式處決正是要為遭到殺害的德國士兵報復。沒有相關法律支持，Collini 的復仇就只是根據自己對公義的理解來執行，但這並不足以保證他的行動真的合乎公義，他也有可能因為訊息錯誤、證據不足而判斷錯誤——書中只交代了他從其他人聽來、關於父親被殺的原因與過程的事實，而從來沒有提出任何支持復仇的道德理據或原則。

　　只要我們認真思考一場戰爭爆發的因由、責任誰屬、誰對誰錯、乃至個別行動是否合理，便會明白當中各種因素的錯綜複雜，實在難以一概而論。如果每個人無需訴諸任何客觀標準，單純因應自己心中的「公義」便可以作出任何自己覺得恰當的行動，這最多不過是偽裝成公義的「私人道義」，最終不是導致一片混亂，就是淪為以強權作為公理。這正是助理檢察官 Mattinger 的立場：Mattinger 是憲政國家的信徒，認為公義要求大家放棄個人主觀的看法與利害考慮，一切必須以法律為依據。公義只能在公平審訊中實現，而不尊重法律就無法維護公義。

　　但 Mattinger 的看法又是否成立？Leinen 在審訊最後指出，Meyer 之所以能夠免於調查，完全是因為有一個名為 Dr. Eduard Dreher 的人，在戰後引進了一條看似無傷大雅、卻「巧妙」地令得絕大部分本來需要為戰時犯下的暴行負責的官員與軍人得以脫身的法案。

這個 Dr. Dreher 在戰時是納粹德國的首席檢察官，曾經要求把偷食物的人處死，亦試過把一個只不過非法地買了幾張衣服券的婦人送進工人教育營。戰後的他事業平步青雲，後來更成為了德國聯邦司法部的刑法部主管。更諷刺的是，他是一本廣受歡迎、幾乎每個法官、檢察官以及律師枱頭都會放著一部的刑事法名著的作者。Dr. Dreher 可以說是德國法律的象徵，但這樣的法律又是否真的能夠代表公義與公正？Mattinger 堅持相信法律，認為「如果根據當時的標準 Meyer 的行動正確，我們便不能夠在今天責難他」。Leinen 卻強調「客觀而言，Meyer 所幹下的就是凶殘暴行。即使五十與六十年代的法官可能會作出對他有利的裁決，也不會改變這個事實。而如果今時今日他們不這樣做，則證明我們已經進步。」

經過多日審訊，控辯雙方都完成各自的舉證與陳辭，Collini 卻在判決前一晚自殺身亡。結果，對 Meyer 的起訴以及 Collini 的審判都是以中止（discontinued）作結（conclude）。到底誰人有罪，到最後也沒有定論（conclusion）。

作者成功以冰冷抽離的筆觸，呈現了誰是誰非的曖昧含糊，反映出公義與法律之間的複雜糾結。而電影最大的敗筆，正在於導演加入了某些戲劇性場面與改動（如把身為助理檢察官的 Mattinger 搬到證人欄後還要承認 Meyer 有罪、扮演 Collini 的演員的身形沒有書中多番強調般巨大，並且親自作了一番賺人熱淚的證言，以及最後一幕兒時的 Collini 挽著父親的手遠去），令

得本應模稜兩可的結局一面倒傾向 Collini，把他的復仇落實成公義的伸張，可能令人即時感到快慰，卻大大限制了觀眾的思考與想像。

（原文刊登於《明報》世紀版。）

迷人的突兀：海明威〈殺手〉

我很喜歡看小說，而最能夠吸引我的，往往都是篇幅短小，用字淺白，情節簡單，卻會讓我感到莫名困惑的類型。數年前，在「好青年荼毒室」辦的一次讀書會，作家郭梓祺介紹了厄尼斯特‧海明威（Ernest Hemingway，1899 — 1961）的〈殺手〉（The Killers），令我著迷不已，不時拿來重翻，每次都有新的發現。由於很想跟人分享這篇小說的精彩，我分別在「聖方濟各大學」與獨立書店「夕拾 x 閒社」舉行過讀書會，跟同學書友反覆推敲這個小小故事中的陣陣疑雲。

某日下午 5 時，麥斯（Max）和艾爾（Al）走進了亨利餐廳（Henry's lunchroom）。他們在餐牌上選了幾道菜，餐廳的老闆（侍應？）喬治（George）卻跟他們說那些全都是晚餐菜式，要六點才有，他們只能點三文治。擾攘一番之後，麥斯和艾爾終於表明來意：他們是來幹掉一個叫奧爾‧安德烈森（Ole Andreson）的瑞典人。他們掌握了他的行蹤，知道他來了這個小鎮，而且每天傍晚 6 時都會來這裡吃飯，所以今天特意來伏

擊他。他們把黑人廚師薩姆（Sam）和食客尼克·亞當斯（Nick Adams）綁了起來關進廚房，佈置好一切，靜待奧爾。一個多小時過去，奧爾卻沒有出現，兩人最後也唯有離開。喬治叫尼克去通知奧爾，尼克立即動身到他投宿的出租屋找他。尼克告訴他殺手的消息，他卻置若罔聞，也沒有任何行動的意思。尼克無奈回到餐廳，最後因為忍受不了不斷想著奧爾在房裡絕望地等著殺手將他宰割，決定離開這個小鎮。

短短數頁，情節並不複雜，卻充滿謎團。首先，一切都沒頭沒尾，不明所以。是誰派麥斯和艾爾來殺奧爾？奧爾到底幹了甚麼弄得要亡命天涯？奧爾有沒有被麥斯和艾爾殺死？這些前因後果，對不起，通通沒有交代。

此外，每個人的行事反應都異常古怪，令人費解。正常情況下，職業殺手總是盡可能隱藏身份，低調行事；有需要時會毫不猶豫殺人滅口，確保自己能夠完成任務，全身而退。而被殺手挾持的人正常都會極度慌亂；假使僥倖逃過一劫，當然會立刻遠離現場，以免殺手回心轉意，捲土重來。至於被追殺的人，自然會精神極度緊繃，小心翼翼，處處防範；如果知道殺手來襲的話，不是趕緊逃命就是立即作好準備迎敵。

實情又是怎樣？麥斯和艾爾兩人身材相約，裝束一樣，大熱天時身穿黑色大樓、禮帽、圍巾、手套，非常惹人注目。進入餐廳後並沒有立刻躲進最隱閉的角落，而是坐在最當眼的吧

台前。不是沉默靜候目標，而是一來便主動跟喬治談些有的沒的，並且不斷跟他抬槓，還把食客也扯進來揶揄一番，彷彿要刻意把他們激怒。不單作風高調，麥斯更主動告訴大家他們是來殺奧爾的，唯恐沒有人知道他們的來意，甚至向眾人透露他們跟奧爾素未謀面，沒有私怨，只是為「朋友」出手。這樣粗心大意口沒遮攔，看起來極不專業。

當然，以差勁的殺手為主角也可以寫出好故事。然而，在透露來意之後，麥斯和艾爾各自迅速作好安排，不著痕跡地佔據著最有利的位置。麥斯在吧台背對大門而坐，透過吧台後的鏡子監視進入餐廳的人。艾爾則在廚房裡，一面看管尼克和薩姆，一面透過出菜的小窗口視察餐廳的動靜。寥寥幾筆，兩人的純熟專業與合作無間便躍然紙上。

如果兩人並非蹩腳殺手，為何會有這些行徑？甚至在跟眾人透露了這麼多資訊後，居然就這樣放過他們，連「唔好報警」或「唔好諗住通風報信」都沒說半句，便大搖大擺地離開？唯一的合理解釋只能是：麥斯和艾爾根本沒有把他們放在眼內，也完全不介意他們之後會幹甚麼。這一點早在他們表露身份之前，已經不斷在言語上挑釁喬治可見一斑。如斯有恃無恐，是壓倒性權力的展現，暗示了他們背後──可能正是那位「朋友」──有一股極龐大的勢力。當尼克提議報警時，奧爾也說「這樣一點用也沒有」，意味著他們可以明目張膽地為所欲為。

不只殺手，連被追殺的人也是極之奇怪。正在逃亡的奧爾似乎沒有刻意隱藏行蹤，連喬治也知道他在哪裡落腳，尼克更是不費吹灰之力便直達他的房間。當尼克心急如焚地告訴他有人要來殺他時，他好像早已知曉，卻毫無防備，連門也沒有上鎖，任由陌生人自出自入。身為拳擊手，不單沒有擺出戒備姿態，只是躺在床上，連望也不望尼克一眼，後來甚至轉向牆壁背對尼克。他對於誰要來殺他完全不感興趣，既不打算逃走，亦似乎沒有作出抵抗的打算。他穿好衣服躺在床上，因為「還未下定決心走出去」──當然我們也不知道他要去哪裡、要幹甚麼，是去送死還是出手一搏。奧爾唯一有透露的，就是知道自己幹了甚麼導致這個下場、有人會來殺自己，並且沒有甚麼辦法去阻止這些人來，而他已經厭倦逃亡，甚麼也不想再幹。

　　那我們又可以從這些蛛絲馬跡猜到甚麼？奧爾應該得罪了某些不能得罪的大人物，而且已經被追殺了好一段日子，最後來到這個小鎮。他已經對沒完沒了的逃亡感到厭倦，開始不再想費力擺脫這些殺手。不過，他雖然躺在床上，卻是整裝可發，正是象徵這個曖昧的過渡：已經不再積極逃生，但又似乎未至於完全放棄，任由宰割。

　　讓我們再思考一下。奧爾是一個拳擊手，他會否因為曾經打傷、甚至殺掉某些不能得罪的人物，才被追殺？他至今還在逃亡，代表他一直化險為夷，成功避過殺身之禍。他是如何可以保住性命的？他知道有人追殺他，卻不知道今次來的是誰，

是否因為之前來殺他的人已經全部被他處理掉？他孤身一人，赤手空拳可以把殺手逐一擺平，卻無法停止一個龐大組織源源不絕的追殺，因而疲憊不堪。但他能一直走來，亦絕不是省油的燈，自然又不甘心束手待斃，才有如此古怪的心態，徘徊在放棄與掙扎之間。

還有餐廳裡的人。喬治在事件發生時異常冷靜，即使麥斯和艾爾表明來意並且挾持眾人，他也沒有絲毫慌亂。他知道奧爾的住處，又斷定他在芝加哥惹了事，明顯對奧爾有一定的了解。兩個殺手離開後，他竟然沒有立刻關門，若無其事繼續營業；更完全罔顧尼克的安危，叫他去通風報信。廚師薩姆雖然乖乖被人綑起沒有絲毫反抗，之後也不斷告誡尼克不要多管閒事，但被持槍威脅也只是覺得麻煩，說「不喜歡這樣」，完全不覺恐懼。尼克早已知奧爾是拳擊手，而且剛剛才「執返條命」，居然義無反顧隻身去找奧爾。

讓我們不妨再加點想像。喬治、尼克和薩姆的不尋常反應與冷靜，是否暗示他們也是見慣風浪，各懷不可告人的理由才在這小鎮隱姓埋名的非常人物？他們之所以任由擺佈，是否正由於他們藝高膽大，根本感受不到威脅，只是不願暴露身份而忍氣吞聲。萬一真的動手，死的又會否是那對趾高氣揚的殺手？

如此簡短的篇幅蘊含如此複雜的內容，粗心的讀者又怎可能留意得到？因此，除了上文提到內容上的撲朔迷離，作者

亦採用了各種不同手段打斷讀者的思路，逼使他們停下來仔細反覆思量。小說主要由各人的對話構成，極少刻劃人物的動作表情，內在心理描寫更是絕無僅有，令讀者只能從對話去推敲一切。問題是，對話很多時都沒有交代誰是說話者，令人看了四五句之後便開始迷失，弄不清哪一句是誰人所說。開始時不過簡單點一道菜，已是波折重重。而接下來那一連串帶點「無厘頭」的對話，除了非常有娛樂性以及展現出麥斯和艾爾的權力優勢之外，亦刻意為讀者造成干擾。麥斯總是突然轉話題，又喜歡以某種違反日常語言習慣的方式把對方弄得不知所措，譬如以下這段要看原文才看得出味道的精彩對話：

> "What are you looking at?" Max looked at George.
>
> "Nothing."
>
> "The hell you were. You were looking at me."
>
> "Maybe the boy meant it for a joke, Max," Al said.
> George laughed.
>
> "You don't have to laugh," Max said to him.
> "You don't have to laugh at all, see?
>
> "All right," said George.
>
> "So he thinks it's all right." Max turned to Al.
>
> "He thinks it's all right. That's a good one."
>
> "Oh, he's a thinker," Al said. They went on eating.

還有那個時鐘。麥斯和艾爾預計奧爾會在 6 時出現，因此

大家（包括讀者）都密切留意著時鐘。但餐廳的時鐘卻比正常快了20分鐘，每次提到時鐘上的時間，不單氣氛緊張起來（奧爾會否出現？會否爆發激戰？），同時又令讀者不得不作一番計算，才知道時間到了沒有或過了多少。甚至尼克離開奧爾落腳的赫希出租屋（Hirsch's rooming-house）時，當大家也跟尼克一樣理所當然以為帶路的女人是屋主赫希太太（Mrs. Hirsch）時，作者也要在這最後的細微之處否定大家預期，打斷我們思路，告訴我們她只是在那兒打工的貝爾太太（Mrs. Bell）。

小說的名字中的「killers」是眾數，問題是：究竟誰是殺手？麥斯和艾爾是來殺人的，但從未出手。相反，被人追殺的奧爾，是否因為殺人而被追殺？曾經追殺他的人又是否已經死在他手上？假使麥斯和艾爾找上奧爾，又將會鹿死誰手？喬治、尼克和薩姆又會否是在此避世的殺手？越讀我越覺這亨利餐廳儼如臥虎藏龍的「龍門客棧」。在這個關於殺手的故事中，沒有任何人被殺，連槍戰技擊格鬥也沒有，但當中每個巧妙安排的突兀細節，不單營造出無限張力，而且在在都惹人聯想到：當中每一個人，可能都是殺手。

（原文刊登於《明報》世紀版。）

輯二：愛的愁苦與難得

寧靜的吼問：聞一多〈也許〉

當年會考課程中有所謂「新詩三首」，包括聞一多
（1899 — 1946）的〈也許〉、徐志摩的〈再別康橋〉和臧克家的〈答
客問〉。如果要我選最喜愛的，也許是最令人心痛的〈也許〉。

也許你真是哭得太累，
也許，也許你要睡一睡，
那麼叫夜鷹不要咳嗽，
蛙不要號，蝙蝠不要飛。

不許陽光撥你的眼簾，
不許清風刷上你的眉，
無論誰都不能驚醒你，
撐一傘松蔭庇護你睡，

也許你聽這蚯蚓翻泥，
聽這小草的根鬚吸水，
也許你聽這般的音樂，
比那咒罵的人聲更美：

那麼你先把眼皮閉緊，
我就讓你睡，我讓你睡，
我把黃土輕輕蓋著你，
我叫紙錢兒緩緩的飛。

　　表面簡單直接，讀落卻饒有懸疑味道。詩一開始的時候，
好像只是說「我」在照料一個可能哭累了、需要睡一睡的「你」。
「我」對「你」關懷備至，非常細心地要制止一切可能騷擾「你」
安睡的東西，讓你的聽覺、視覺與觸覺完全免受任何刺激。表

面上，這只是一個溫馨而寧靜的畫面，但只要稍為想想，很難不感到突兀與不安。

很明顯「我」跟「你」都是在郊外地方，而所有這些騷擾根本就不能制止：「我」怎能令夜鷹不咳嗽、青蛙不聒噪、蝙蝠不拍翼？而松蔭又如何可以完全把陽光與清風擋住？如果真的是哭累了，為何不趕緊回家，反而要在這戶外露天的野地睡覺歇息？進入第三節，真相逐漸明朗：只有身在地底下，才可能聽到蚯蚓翻泥與小草的根鬚吸水這些微弱得不存在的聲音。終於，謎底在最後兩句揭盅：「我把黃土輕輕蓋著你／我叫紙錢兒緩緩的飛」。我們這時才發現，「你」並非睡在草地上休歇，而是躺在松蔭下的墓地裡，已然死去。

當弄清楚這原來是「你」的葬禮，整首詩立時起了翻天覆地的變化。詩的首兩句（「也許你真是哭得太累／也許，也許你要睡一睡」）並非一個簡單隨意的假設，而是回答一個隱匿於詩外、但觸發整首詩的沉痛吼問：「你」為何竟會死去！？「也許」顯示「我」完全無法理解你為何非死不可，但又不能不追究背後因由，只好勉力猜測、強行合理化「你」的死亡：大概因為「你」「真是」──已沒有其他辦法──已經「哭得太累」，在人世間已遭受太多苦難，因此需要歇一歇、睡一睡吧！死亡令「你」能夠擺脫痛苦，因而是「你」現在需要與渴求的，對「你」而言其實是好事；而且「你」只不過是稍為「睡一睡」，終究還是會醒過來，一切並未終結，仍有將來。

既然如此，「我」自然應該盡力為你營造一個寧靜的環境，確保「你」可以不受任何騷擾，好好休息。但「我」隨即意識到這還是不夠：必須把「你」與人世間那些令「你」「哭得太累」的紛爭咒罵徹底隔絕，「你」才可得到真正的安寧。「我就讓你睡，我讓你睡」——「我」彷彿感到「你」急切地哀求「我」讓「你」好好長眠，而「我」最後終於屈服，勉強答應「你」的要求：「好了，好了，要睡便好好睡吧！」

　　我認為這首詩最值得欣賞的地方，在於詩人不著痕跡地通過不同類型的對比，營造了一股巨大的張力與感染力。首先，驟眼看來，整首詩給人的印象非常簡單：詩中只有一個場景——郊外的墓地，兩個人物——躺在墓穴的「你」與站在旁邊的「我」。然而，景物卻異常豐富多樣：有充斥四周的陽光、清風與黃土；有在生哀悼與已經死去的人；有不同類型的動物——夜鷹（鳥類）、青蛙（兩棲類）、蝙蝠（哺乳類）、蚯蚓（無脊椎動物）；有不同大小形態的植物——如傘子的大松樹與貼地而生的小草；還有紙錢（人造物）。

　　其次，全詩十六行中，第一至第十四行其實只是「我」眼中的景物與腦海中的思想，只有在最後兩行中「我」才作了最輕微的動作：以黃土輕輕把「你」掩蓋，將紙錢緩緩撒到半空。從外部觀看，這是只包含最少活動、非常靜態的一個畫面。然而，詩人卻利用巧妙的鏡頭推移產生出強烈的動感。鏡頭是「我」的眼睛，先由身邊的「你」出發，拉闊拉遠到樹上的夜鷹，再拉落

地面的青蛙，又回到（大概是另一些）樹上的蝙蝠；接著近鏡對著「你」的眉眼，再橫移向旁邊的松樹，彷彿看到松蔭向上打開；然後鏡頭進入地下，對「你」身旁翻泥的蚯蚓與吸水的小草根鬚作一個超大特寫；隨即向後向上拉回地面，先影著「我」的手把黃土撒落在「你」身上，最後隨著「我」向上揮的手與飄飛的紙錢移到空中。通過複雜頻繁的視角轉移，令讀者感受到動靜之間一種微妙的平衡。

最後，本詩整體而言形式工整，表面的調子幽淡寧靜，然而內裡卻波瀾翻滾。「叫夜鷹不要咳嗽／蛙不要號／蝙蝠不要飛／不許陽光撥你的眼簾／不許清風刷上你的眉」，看起來是輕描淡寫的靜止與寧靜，卻充斥人為抑壓與刻意經營。而「我」對「你」的強烈不捨、眷念與關懷，對「你」的死亡從拒斥、自圓其說到接受的變化，以及「我」最深切沉重的悲哀、疑惑與控訴——為何你要在人間哭得這樣累？為何「你」竟會死去？——雖隱匿在表面淡然的畫面背後，卻又無形地瀰漫於通篇的字裡行間，激起讀者莫名的感受。

正是這簡中有繁、靜中帶動、幽淡寧靜中滲透著沉痛的控訴，造就這首詩難以言喻的意韻，令人回味無窮。

（原文刊登於《火苗文人，人文專欄》。）

簡白的濃烈：李清照〈一剪梅〉

　　不知是否同姓三分親，我一向對姓李的作家情有獨鍾，尤其喜歡李煜、李商隱以及這首〈一剪梅〉的作者宋代詞人李清照（1084—1155）。

　　紅藕香殘玉簟秋，輕解羅裳，獨上蘭舟。
　　雲中誰寄錦書來，雁字回時，月滿西樓。

　　花自飄零水自流，一種相思，兩處閒愁。
　　此情無計可消除，才下眉頭，卻上心頭。

　　這首詞用字簡雅直白，初看並不複雜，不外乎是記下了女詞人在某個秋日泛舟遊湖的景況與心情：一個紅荷已然凋零的秋日，原本躺於玉簟上的詞人把羅裙褪去，獨自登上小舟出遊。遊至月上西樓的時候，偶爾抬頭瞥見天邊雲間的雁群列隊飛來。看著眼前流水落花，想起身處異地的夫君，思念之情無法止息。但只有仔細耐心推敲，才能感受那濃厚的思念。

　　開首「紅藕香殘玉簟秋」短短七字，初看只覺雅致恬淡，卻

已包含了時間（「秋」）與空間（居室內外的景致）；視覺、嗅覺與觸覺；自然生態（「紅藕香殘」）與傢俱陳設（「玉簟」）等不同面向與對比的豐富內容。而且雖未明言，秋天的玉簟已隱隱透出絲絲砭人肌膚的涼意。既然躺的是「玉簟」、穿的是「羅裳」，並且能夠隨意「獨上蘭舟」遊湖，顯示詞人應該不愁衣食。值得留意的是，讀到這裡，並沒有半個描寫情感的字眼。我們看到的只是一個無憂少婦趁秋涼泛舟遊湖，雖見紅藕香殘，雖是獨自一人，端倪略見，但基本上還是淡淡然的不帶情感。

第二句看起來也沒有直接表達任何感情，不過是看到雲端飛雁、西樓明月。特別的是，此句一開首憑空劈來一個想法：雲端的書信是誰人寄來？看到下一句方令人恍然大悟：原來詞人是因看見雁群而想到「雁足傳信」。那究竟今次又是受何人所托、為誰捎來家書？但為何詞人會有此聯想？難道不正正因為她本就有所期盼？雁群在秋天飛來，自是由北而南，因此身處南方的詞人正期盼收到來自北方老家、夫君的音訊。再看「月滿西樓」，很難不聯想到李後主的〈相見歡〉：

無言獨上西樓，月如鉤。
寂寞梧桐深院鎖清秋。
剪不斷、理還亂，是離愁。
別是一般滋味在心頭。

詞人巧妙地迴避了把自己的感受直接寫出來，而是利用後

主之詞令讀者自然聯到箇中的寂寞與離愁。而與後主寫的不同，詞人眼前所見的是圓圓滿月而非如鉤彎月。滿月令人想到團圓，詞人卻是孤單一人懷著滿腔寂寞與離愁，又令人聯想到蘇軾〈水調歌頭〉裡的「不應有恨，何事長向別時圓」，對比之下，更形悲哀。再由此回想秋日玉簟的涼意，便覺不止是觸感的冰冷，而更是心境的淒涼。上闋字面上雖只是簡單交代時間、景物、活動以及一個不經意的想法，然而內裡已醞釀深藏思念。

上闋注滿思念離愁，怎料下闋劈頭又是一句「花自飄零水自流」。秋天到了，凋萎的花兒隨風飄散零落，流水亦不作片刻停息。這一切只是自然而然如此，不會為誰而改變，亦沒有人可以挽留。無論詞人如何相思寂寞，世界還是無情地如常運作。單看「一種相思，兩處閒愁」，雖然提到相思卻沒有任何形容描述，愁亦只不過是閒愁。但在上闋的巧妙鋪排下，這寂寞相思已有了厚度與濃度。縱然相思只是一種，然而詞人卻想像對方也應該同樣掛念自己，立時把這思念之情倍增成兩處閒愁。而當想像到對方也想念自己時，自然對對方更加掛念；而對方亦因自己對其掛念而理應對自己更加掛念……如此類推，這相思之愁因而不斷深化、累積、蔓衍。

到這一刻，詞人的思念離愁已疊加至難以排解，無計可消。當我們由這裡回頭再看上闋，便會恍然大悟：原來整個上闋就是寫她如何消愁！孤枕的她一覺醒來，寂寞淒涼由玉蓆砭肌一刻已然開始，而且不住侵蝕蔓延。她解衣登舟，期望以遊湖消

解此相思離愁。面對美景如斯，當下自是沉浸其中，頓時忘恨消愁，眉頭稍解。

可是，對於困囚於相思之人，這一切隨即喚起過去與所思之人同遊的美好回憶、與其分享眼前美景的深切慾求，以及由雲端飛雁、西樓明月勾起的鄉思與寂寞離愁。轉瞬間，思念又再——甚至更加——緊攪心頭。更甚者，這「才下眉頭，卻上心頭」並非一次了得，更應是每碰見一處美景便發生一次，愁思亦因而不斷重複堆疊。「此情無計可消除」並非是虛寫，甚至不只是詞人試盡一切方法後的徒勞無功，而是指為了排解思念離恨所作的一切，結果反而使愁緒倍增。

至此，我們終能真切體會詞人所受的無盡煎熬。面對寂寞相思，自是痛苦難耐，似乎唯有通過其他美好經驗來轉移心思，才可勉強喘一口氣。可是，真正相思之毒，正毒在不論你是百無聊賴、是悲是喜，思念之人總是如影隨形，而思念之情，縱使你如何掙扎，也是不斷才下眉頭，轉眼卻已再結心頭，沉重積壓，無可擺脫。

詞人高妙之處，正在於以表面簡雅直白的文字，通過別出心裁的組織構建，成功營造出百結盤纏、無盡濃烈的思念。

（原文刊登於《火苗文人，人文專欄》。）

迴轉的愁思：李清照〈聲聲慢〉

　　四季各有特色，唯獨秋天最得我心。而最捕捉到秋心的，當是宋代詞人李清照（1084—1155）這首〈聲聲慢・秋情〉，毫無疑問。

> 尋尋覓覓，冷冷清清，悽悽慘慘戚戚。
> 乍暖還寒時候，最難將息。
> 三杯兩盞淡酒，怎敵他，晚來風急！
> 雁過也，正傷心，卻是舊時相識。
>
> 滿地黃花堆積，憔悴損，如今有誰堪摘？
> 守著窗兒，獨自怎生得黑！
> 梧桐更兼細雨，到黃昏、點點滴滴。
> 這次第，怎一箇愁字了得！

　　「尋尋覓覓，冷冷清清，悽悽慘慘戚戚」，一開首便憑空劈下七組疊字，堪稱驚世駭俗，表達的卻是蝕骨哀愁。「尋覓」寫

的是詞人的活動；「冷清」既交代四野無人的環境，亦表達了尋而不得的失落；「悽」、「慘」、「戚」則完全鑽入了詞人淒涼、悲慘與憂戚的主觀心境。由於有了這些不同面向、由外而內的層層推進，當以疊字表達，不但沒有架床疊屋的累贅，反而令每一環節都得到不同意義的幽微深化：「尋尋覓覓」令人彷如看見詞人在無盡空間來回往復不停搜索，「冷冷清清」擴張了周遭的孤寂空蕩與那令人焦躁的遍尋不獲，最後歸結到「悽悽慘慘戚戚」那股糾結纏繞的惱人感覺。這一句七組疊字，固然前無來者，後人即使不是東施效顰，亦絕對無法超越。

值得注意的是，開首一句只是隱約交代了一個迷濛的感覺印象，到底她在哪裡？究竟在尋找甚麼？而離奇的是接下來的第二句：「乍煖還寒時候，最難將息。」

剛剛還在尋尋覓覓，為甚麼忽然又說難以歇息？找得累，隨便坐下來歇歇便好了，跟「乍暖還寒」有何關係呢？很明顯「最難將息」指的並非普遍停止活動時的歇息，而是睡眠。乍暖還寒的時候是最難安眠的：這正是秋天的特色，日間剛開始睡時還是比較溫暖，蓋一張薄被便足夠；可是當太陽開始西沉便隨即轉涼，因而被突然而來的寒意弄醒。因此，我認為「尋尋覓覓，冷冷清清，悽悽慘慘戚戚」寫的可能並非詞人現實中的活動，而是午睡時的夢境內容——因此亦只得一個籠統的印象。

人已清醒，寒意依舊侵體，愁緒仍然不斷。詞人於是移到窗

旁小酌，既為驅寒，亦欲解憂。然而，「三杯兩盞淡酒」下肚，暖意剛起，酒意正要消愁，卻敵不過突如其來的一陣急風。晚風襲人，不單令詞人打了個寒噤，更把酒意驅散。人清醒了，愁緒亦再次滋長重生。為了擺脫內心愁緒，詞人不期然抬頭望天，盡可能讓目光把意識帶到遠處。可是，傷心人觸目所見的，偏偏卻是來自北方的飛雁。「卻是舊時相識」，一方面指自己的老家也是在北方，另一方面也可能暗示已不是第一年看見這群南來飛雁。鴻雁令人聯想到來自北方故鄉的家書，自是勾起對家鄉故人的懷緬。

越是懷緬，失落孤寂之情只會越加濃烈。當雁群觸發的愁思累積至難以承受，詞人的目光又不自覺加以迴避，轉回地面。但映入眼簾的，卻又是堆積滿地的黃花；還彌留在花莖上的，卻盡皆殘損憔悴。「黃花」，指於秋天盛放的菊花。連黃菊也已枯萎，表示已經是晚秋時份。枯萎的黃菊散滿一地，明顯花園久已乏人打理，反映詞人雖百無聊賴，卻因心情鬱悶而沒有修剪收拾的閒情逸致。而寒冬將至的晚秋、黑夜馬上降臨的黃昏與群花凋零的景象，三者皆牽動人對美好事物與年華快將走到盡頭而又沒法挽留的感慨。面對這折煞人的曖昧過渡時份，詞人應該情願黑夜立即降臨：至少，夜了可以去睡，睡了就不用再被這愁思掛念所折騰。問題是：你有你獨自守著窗兒冀待，時間卻總愛與人作對，悲鬱的分秒總是流逝得太悠徐。而黑夜拒絕到來。

至此，當大家以為詞人的愁緒應該已擴散堆疊至無以復加，

原來還是太過天真。不能望天、不可看地，雙眼被逼得只能回復平視，但擾攘眼前的，卻是園中的梧桐樹。梧桐總令人聯想到寂寞，但已然寂寞如斯的人又怎能再承受多半點寂寞？唯有不看為淨。然而，造化之周密又豈是凡人可以抵禦！窗外不單飛雁、梧桐、枯菊、淒風，更兼綿綿細雨。即使可以掩目拒見，卻擋不掉雨絲帶來陣陣寒意，以及打在梧桐葉上的淅瀝雨聲。這點點滴滴，有如細碎的片段回憶，籠罩環繞四周，充斥糾纏心靈。

這就是〈聲聲慢〉要說的故事：借助深秋黃昏中的殘陽、故雁、淒風、苦雨，通過對視覺、觸覺與聽覺的襲擊，詞人的愁思一浪接一浪、逐層逐層地侵蝕蹂躪自己的身心：孤獨身體逐漸冰冷，寂寞的心境越加淒涼。只消有一刻清醒，這哀思愁緒便會借助任何感覺意念蔓生滋長，完全無法止息。要關掉這惱人的意識，除了死亡，睡覺似乎是唯一出路。然而，入睡其實只等於墮進更加無法自控的遍尋不獲、孤寂失落的夢魘之中；終於盼得醒來，又不過是再次跌入同樣的循環。由始至終明明皆是愁的不同體現，但卻又怎是簡單一個「愁」字可以說盡說清！

因此，這首表面哀愁淡淡的〈聲聲慢〉，實質是關於一個孤寂的人，如何被自己愁思製造的無盡輪迴，從裡裡外外被徹底摧殘輾碎的慘烈故事。

（原文刊登於《火苗文人，人文專欄》。）

進擊的情感：王實甫〈混江龍〉

對一個文學門外漢如我，唐詩宋詞比較見得多，元曲卻極少接觸。偶爾在一次讀書會中讀到元代雜劇作家王實甫（1260—1307）為《西廂記》撰寫、由女主角崔鶯鶯唱出的〈混江龍〉，才真切體會到元曲的精彩。

> 落紅成陣，風飄萬點正愁人。
> 池塘夢曉，闌檻辭春，蝶粉輕沾飛絮雪，燕泥香惹落花塵。
> 繫春心情短柳絲長，隔花陰人遠天涯近。
> 香消了六朝金粉，清減了三楚精神。

驟眼一看，這首小曲似乎毫無新意、乏善可陳：不過又是一首少女傷春之曲，而曲中搶眼之句「風飄萬點正愁人」，還要是原封不動搬自詩聖杜甫的〈曲江二首〉！然而如果細加思量，卻可見其精彩絕倫，毫不簡單。

開首一句「落紅成陣，風飄萬點正愁人」已奪人心魄。漫天

凋萎的紅花辭枝飄落，觸目驚心。畫面寧靜卻充滿動感，營造出強大張力。對比於紅花盛放枝頭的風華正盛、以及滿地紅花堆積的殘局已成，落紅隨風飄零的淒美，細膩而準確捕捉了美好事物與年華消逝殆盡前最後、也是最壯麗的片刻。眼睜睜看著一切由盛轉衰，卻又無可挽回，倍覺愁人。寫得精彩，卻是杜工部的功勞！

然而，只要我們願意停留，稍為回首，卻可看到另一番景致。確實，讀這首詩時很難不先被「風飄萬點正愁人」這借來的龍身吸引，然而我認為真正點睛之筆，卻是容易被忽略的「落紅成陣」。讓我們先從一個疑惑開始：當有無數方法去形容落花時——似雨、若絮、如霜、勝雪，為何詩人卻偏偏寫作難言優雅、甚至意義不明的「成陣」？所謂「成陣」，就是排列成陣勢，說的其實就是軍旅。既是刻意安排，同時充滿敵意。杜甫寫「一片花飛減卻春，風飄萬點正愁人」，是由落花引發內心春逝之愁；而在鶯鶯眼裡，漫天落花卻打從一開始便是上天派來、以愁鑄干戈對自己列陣猛攻的萬馬千軍。鶯鶯當時正因對剛邂逅的張君瑞一見傾心，卻又苦於與猥瑣庸碌的鄭恒早有婚約，當下故是無計可施，美好年華又無情飛逝，深感天意弄人，飽受煎熬。「落紅成陣」簡單四字，便把緊接下來的「風飄萬點正愁人」，由原本「單純」的傷春哀嘆，巧妙轉化成鶯鶯眼中老天針對自己的圍堵進擊，平添千刀萬剮的焦急與怨懟。

「池塘夢曉，闌檻辭春」，代表鶯鶯的思緒開始從原本的主

觀視角抽離。隨著鏡頭拉後，畫面由眼前風飄萬點轉移到看風景的人及她的位置：池畔倚欄的鶯鶯，因漫天落紅催逼夢醒，意識到春去難留。眼見落花是感官直覺，察覺春逝則是進入自省。

「蝶粉輕沾飛絮雪，燕泥香惹落花塵」，當中一切皆沒有重量，絕非隨意下筆。飛舞的蝴蝶拍翼時撒下的鱗粉、如雪飄飛的柳絮、輕懸簷下燕泥的香味與微塵般的落花，無一著地，像是拒絕春天流逝的最後掙扎。杜甫寫「一片花飛減卻春／風飄萬點正愁人／且看欲盡花經眼」，以短短三句便呈現了春逝——由第一片花落、落花滿天到花已將盡——的急促，自是精彩絕倫。王實甫卻居然能推陳出新，在鶯鶯為落紅驚心而意識到春逝的當兒，不著痕跡地把一切戛然緩止下來！然而，蝴蝶終歸會死盡，鱗粉、飛絮、落花亦難免墮地，一切注定徒勞無功。相比杜甫以漫天落花強調春逝的急促，王實甫卻以飄懸半空、若隱若現地充斥整個空間、籠罩著主角的蝶粉、柳絮與花塵，描繪出一幅由無數不同大小、形態、顏色的點點哀愁組成的點彩畫，再襯上淡淡燕泥芳香，把本來只是寫落花的「風飄萬點」一下子翻新豐富起來，而且更形張力。

「繫春心情短柳絲長，隔花陰人遠天涯近」，鶯鶯滿腹哀愁，正源於對君瑞的思念。其實她們才剛相識，見面也不過兩次，然而儘管相知雖淺時日尚短，她的芳心卻早已全然暗許，彷彿被繫到君瑞身上綿長依依的柳絲緊緊沾連牽扯著。兩人所在只是花陰之隔，要走到心上人身邊，不過數十步路程；無奈

因婚約在身，她與他的社會距離卻比天涯更遠，要成眷屬，不啻痴人說夢。

在這春華快逝無可挽回之際，漫天落紅圍剿猛攻，催逼醒覺自己情根已深種、好夢卻似注定成空，鶯鶯身心慘遭這天降哀愁無情催殘蹂躪，弄得形容憔悴，肝腸斷碎——「香消了六朝金粉，清減了三楚精神」：本身六朝般光彩華麗的外貌變得香殘粉墮，而原來有如三楚的浪漫情深也被磨蝕消沉。看到佳人如此，能不動容？

於自己曲詞插入詩聖絕句，固然是膽大凶險之舉；然而用來不但絕無生硬牽強，竟還能翻出新意，更成功劫為己用，與自己精雕巧琢的文句融為一體，王實甫絕對是藝高才溢。

（原文刊登於《火苗文人，人文專欄》。）

沉重的灑脫：徐志摩〈偶然〉

　　跟大多數人一樣，我也是通過〈再別康橋〉——其實即是會考——認識徐志摩（1897 — 1931），但我更鍾愛的卻是他另一首曾被譜曲成歌的〈偶然〉。

　　我是天空裡的一片雲，
　　偶爾投影在你的波心——
　　你不必訝異，
　　更無須歡喜——
　　在轉瞬間消滅了蹤影。

　　你我相逢在黑夜的海上，
　　你有你的，我有我的，方向；
　　你記得也好，
　　最好你忘掉，
　　在這交會時互放的光亮！

這是一首關於「我」與「你」相遇的詩。詩人一開首把「我」比喻為「天空裡的一片雲」，而「你」則是一片湖、甚或地上的一灘水。「我」跟「你」的相遇，就如雲飄到水灘的上空，倒影投在水面上。究竟這是一次怎樣的相遇？

　　雲是怎樣的東西？雲輕輕地在天空中飄浮，看起來無拘無束、自由自在。實情是，雲的動靜形態皆取決於風，本身無法決定自己的去留，沒有也不能選擇自己的目標與方向。而地上的小水灘，驟眼看來好像能把所有在上頭出現的東西據為己有，可是由於根本不能動彈，因而即使有所渴望，也只能原地冀盼，不能主動追求；雖然倒影過不同事物，最終一切還是無法挽留。

　　因此，「我」和「你」的相遇，只不過是「我」漫無目的隨風飄蕩時，倒影剛巧投到「你」波心的剎那。「我」不曾安頓於任何地方，亦終究不會也不能為「你」停留。

　　對這一切，隨風飄蕩過不同水灘湖泊的「我」自然早已明瞭，因此在倒影投進「你」波心的剎那，已預視「你」對「我們」相遇的驚異與歡喜。「你」可能會以為這是命中注定，既然竟能遇上，理應永不分離。但「我」深知「你」其實「不必驚異」，因為這只是不斷重複發生的偶然事故；更「無須歡喜」，因為「我」在轉眼間便將「消滅了蹤影」──「你」「我」只是擦身而過，從此不再會有接觸、不會再出現在對方的生命，因為喜悅越大只會帶來更大的遺憾。

　　更殘酷的是，雖然表面上「我」進入了「你」心中、「你」容納了「我」，然而這一切不過是假象：「我」跟「你」其實只是平行地交錯，「我」根本沒被「你」容納接收，而「你」亦從來未曾把「我」擁有。短暫浮現「你」心上的，只是「我」的影像，並且快將因「我」的飄去消逝溜走。這是一次浪漫的邂逅，卻也悲哀。

　　詩人在第二部分再進一步深化這種悲哀：「我」和「你」的相

遇，就如海上兩艘漂泊的船在黑夜裡相逢。由於黑暗，大家都看不清周遭環境，前面的途程亦一片晦暗。雖然各有自己航行的方向，但「你」「我」生命的航路竟有交疊，令大家碰巧在這漆黑的夜裡遇上。這相遇是如斯美好，令「你」「我」都被對方引發出耀眼的光芒，把彼此照亮；通過豐富別人的生命，「你」「我」反過來豐盛了自己的人生。

「在這交會時互放的光亮」，對「你」「我」而言，大概都是刻骨銘心的。可是，正由於各有自己航行的方向，剎那相遇之後，便是永遠分離，而黑暗依舊。這一點，久經漂泊的「我」早已看透，因而在「你」還未完全享受這美好的時候，已趕緊作出勸告。就算「你記得也好」，也是一點用也沒有，因為根本不能改變即將永久分離的事實。因此「最好你忘掉」，忘掉了便不會因懷念而陷進永恆的痛苦。既然留不住、帶不走，「你」「我」唯一可做的，便只有專注於這交錯時的璀璨。

「你」「我」因邂逅燃燒自己、照亮別人，但轉瞬間一切將回歸黑暗。「我」表面上不羈和灑脫，可是雲的不羈並非出於自己的意向──只因為風的緣故；灑脫亦只是世情看透之後剩下的沉重的無奈。而「你」，即使忘不了相遇時的驚喜與光芒，也絕對無法留住根本不曾擁有的「我」。這首詩不單是寫兩個人的偶然相遇，更是訴說著人類的必然悲哀。

（原文刊登於《火苗文人，人文專欄》。）

悲哀的邂逅：

瑞蒙・卡佛〈你們何不起舞？〉

　　故事不過就是這樣：一對快將同居的戀人偶然經過一個放滿傢俱與日用品的前院；屋主回家看到他們，便讓少女以自己開的價錢買走想要的東西，還請他們喝酒，邀請他們隨唱片的

音樂起舞。這就是美國小說家瑞蒙·卡佛（Raymond Carver，1938 — 1988）收錄在他的小說結集《當我們談論愛情時所談論的事情》（What We Talk About When We Talk About Love）裡的作品〈你們何不起舞？〉（Why Don't You Dance?）的基本情節。卡佛擅於以簡約精煉的文筆刻劃出現代人冷漠、疏離而又緊張的人際關係；而且雖然沒有奇案妙計，不涉鬼靈怪異，卻往往耐人尋味——就像這個短短七頁紙的故事。

作者在很多地方都刻意不作交代，只是埋下線索讓讀者自行發掘，填補空隙，把故事拼合出來。為何男人要把屋裡的傢俱搬到前院？他是否真的要把東西賣掉？為何要把它們原樣安置、甚至接上電源？為何所有東西都沒有標價、而當那對男女殺價的時候他完全沒有還價，任由他們魚肉，最後甚至把唱盤與唱片都送給他們？他為何叫他們跳舞？很多細節安排也頗堪玩味：在描寫前院中的物品時，作者為何兩次強調某些東西是禮物？為何少女一開始留意的是睡床，而少年卻是電視？看到這裡，我強烈建議大家先停下來，找這篇小說來仔細讀一遍，試試解開這些謎團，再回頭看看你跟我的理解有甚麼不同。

小說的第一句便以簡單平實的筆調寫出一陣迷離：「在廚房裡，他倒了另一杯酒，望著他的前院中的睡房」。這句說話令我們知道：男人是屋主；他的睡房在前院中；他在屋內喝酒喝了一段時間（「另一杯」），而且似乎一直在房子的邊緣（廚房）望著前院中的「睡房」。

「睡房」怎麼會在室外的前院中？原來是屋主把原本睡房裡的一切搬到前院，並且以大致相同的方式佈置：睡床兩邊——「他那邊」與「她那邊」——各放置了一個床頭櫃與一盞床頭燈。於是，我們又知多了一點：原來還有一個曾經與男人同床共枕的女戶主。接著，我們發現原來所有屋內的傢俱與用品都已被放到前院，包括一些暗示了他們曾經共同生活的新婚或入伙禮物。

　　我們大概可以猜到，女人已經離開男人。各種傢俱以及家居用品，本來應該在室內不同位置發揮各自的功能，與房子共同構成家人的生活空間，甚至生活本身。脫離房間的傢俱用品與騰空了的房間，象徵原來生活的分崩離析。對男人來說，空蕩蕩的房間還原為一所純粹的建築物，而曾經參與並構成他們生活的一切，只不過是一件件與他現在的生活無關的死物。但為何男人不乾脆把房子以及屋裡有價值的東西賣走、把沒有用的直接丟掉，反而把東西通通搬到前院，還要把電器都通電連接？

　　驟眼看來，這樣做是為了吸引行人方便出售，但後來的發展似乎否定了這個解釋。雖然當少年向男人問價時他也隨便開了個價，但當他們把睡床由 50 元殺價至 40 元、電視由 25 元殺至 15 元，男人只是無可無不可地「悉隨尊便」；到書桌時已是自由定價，而最後男人甚至把唱盤與唱片免費送給他們。再者，雖然那些電燈、電視、唱機放置在室外，但全都接上電源，跟在屋裡時一樣「操作正常」。而男人似乎不時會回來喝酒聽唱片，甚至邀請少年與少女喝酒跳舞，與其說是把他們視為顧客，

倒不如說是到訪的客人。這究竟是甚麼一回事？

讓我們再仔細想想。前院是一個很特別的地方：它在房子之外，但仍未離開物業範圍。男人雖然把傢俱與其他家居用品搬到屋外，但卻佈置得彷彿生活仍在進行一般——依舊可以在沙發上抽煙喝酒看電視、亮著床頭燈在床上看書，甚至招呼朋友。把屋內的一切重組在前院這個曖昧的過渡空間，象徵了兩人關係在他心目中的彌留狀態：男人明知與女人的共同生活已成過去，卻又無法完全丟棄置諸腦後。他因留戀而感到絕望，只能不斷回到舊居喝酒憑弔。因此，他沒有刻意擺脫舊物，但在有人問價時又不作挽留。

再看看那對年輕戀人。少女一開始便被睡床吸引，暗示了她對未來的同居生活充滿憧憬。可是，少男卻完全不感興趣，第一眼看上的是電視機。看電視基本上是個人活動，不需要任何交流溝通，反映出少年在籌劃將來的共同生活時，心思已經從家庭生活抽離，關心的只是自己的喜好。加上少女要求少年吻她時他不斷迴避，以及少女興致勃勃想與少年共舞但少年只是不情不願地敷衍了事，可以清楚看出兩人心態上的落差。

但問題甚至不在於只有少女單方面著緊兩人的關係：當連讀者也能察覺到少年的不投入，而少女居然一無所知，自顧憧憬著二人的美好將來，可見她其實並非真正關心少年以及兩人的關係，而只是沉醉於自己心中的理想愛情生活。換句話說，

兩人同樣自我中心。當少女看到男人前院的傢俱時，第一時間想到的便是要利用別人的絕望，趁機殺價。當她興之所至，便要少年吻他、陪她跳舞，利用他製造浪漫，完全沒有考慮他的感受。對少女而言，別人——包括少年與男人——都是滿足她追求浪漫愛情的工具。

這一點在跳舞一幕呈現得淋漓盡致。二人共舞，最重要是大家心意一致，通過真誠溝通與交流，建立深切的理解與默契，才能做到舉手投足間皆能自然地配合對方的節奏。假若舞伴都只考慮自己的喜好與需要，各自為政，貌合神離，斷難跳得理想。這一切也是經營關係與共同生活的關鍵。如果像男人與女人過去那樣，連在床上也只是各佔「他那邊」與「她那邊」獨自看書，即使同居一室，也難以稱得上是共同生活。當男人播著唱片，問他們「何不起舞」時，少年根本就不想跳，而少女卻是和誰跳也沒有所謂。如果他們真的有意一起生活，最應該珍視的不是電視，甚至不是睡床——畢竟這只是肉體接觸與睡眠的地方，而是共同起舞所需的唱盤和唱片。

在與少女共舞時，男人說「他們以為甚麼也看過了，但他們沒有看過這個」。「他們」大概是指附近的鄰居，而鄰居最會留意窺看的，當然是男人與女人的爭執與吵鬧。因此，他們在這個「家庭」沒有看過的「這個」，就是男人與少女在夜空音樂映襯下共舞所表現出的和諧與愉悅。諷刺的是，這短暫的和諧，卻是由兩段失敗關係交錯而成。就在少女憧憬著未來、埋首於

男人肩膀的幸福刹那，我們同時看到了男人的失敗關係與年輕戀人還未開始的同居生活的死亡。買了那些傢俱之後，少女經常跟不同的人說起這事件，總覺得有些東西還未能好好說出來，後來卻「不再嘗試」，大概因為她已經明白，當初在男人身上感覺到的絕望，原來正是等待著自己的命運。

這就是卡佛說的故事：一段已經死掉的關係與一段尚未開始卻已夭折的關係的邂逅。小說最精彩厲害的地方，在於雖然語言淺白、情節簡單，但通過突兀的開始與完結，只以極少人物之間平凡卻若有所指的互動與對話，營造出一種有如偵探小說的懸疑；另一方面，雖然幾乎沒有任何主觀心理描寫，但單純以場景佈置與簡單的人物互動，便表達了各人如斯複雜微妙的心境，如斯沉重的悲哀。

（原文刊登於《明報》世紀版。）

困難的愛：卡爾維諾〈泳客奇遇記〉

　　愛是一種很飄渺的東西：任何人也渴望得到，但半生花掉，往往只能勉強與它擦身而過，甚至很多時連追求的到底是甚麼也不大清楚。唯一肯定的是，不論是要理解、得到還是維繫愛，似乎都極之不容易。究竟為何愛會這麼艱難？某個星期六下午，我在獨立書店「夕拾 x 閒社」跟一眾書友一起討論收錄於意大利作家伊塔羅·卡爾維諾 (Italo Calvino，1923 — 1985) 的短篇小說集《困難的愛》(Difficult Loves) 的〈泳客奇遇記〉(The Adventure of a Bather)，細味故事中呈現的愛的困難。

　　故事情節並不複雜。早上，色諾娃到海灘游泳，平生第一次穿上一件兩件頭泳衣。起初，她在一群陌生人中間仍是有點不自在，但一下水便感到非常滿足。她喜歡游泳，不是因為熱愛運動，而是享受融入大海的感覺——因此她才穿上這件泳衣，務求跟水有最直接親密的接觸。

　　中午，當色諾娃打算游回海灘時，發現下身的泳衣不見了。

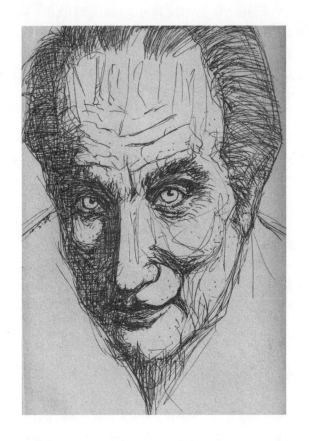

她感到萬分焦急，心煩意亂，害怕被別人發現，不讓身體露出
水面；眼睛不斷觀察審視自己，身體卻不斷躲避自己的目光。
她甚麼人也不認識，不好意思向陌生人求助。

中午過後，泳客開始返回海灘午飯或曬日光浴。載著男男女女的船隻在她身邊經過，她卻無法向任何人求助，因為她誰也不認識，亦不能信任他們——不論男女。在她感到絕望時，終於有一對漁民父子發現她的處境，為她找來了一襲綠色長裙，把她送回海灘。

通過各種巧妙的安排，作者不單為可笑的情景滲入恰如其分的危機感，營造出獨特的張力，令人看得緊張之餘，更推動著故事發展，並且透露出種種值得深思的問題。如果她身處陸地，很難想像衣衫會在不知不覺間甩掉，即使丟了也應該早已被人發現；假使換了是驚濤駭浪的茫茫大海，則她大概只能專注求生，無暇顧及自己裸體以及思考其他問題。只有在這風和日麗的日子，海灘範圍內的水域，她才會陷入這個由種種矛盾構成的窘境。

在水中丟了泳衣，不一定有人留意到，卻又隨時可能被發現；說不上生死攸關，卻無疑尷尬萬分。她不願意光著下半身回到岸上，但又知道不可能永遠留在海中。她明白無法憑一己之力脫險，急切渴望別人來拯救，但同時又努力表現得若無其事，避免引人注目。她必須一眼關七留意身邊的動靜，小心翼翼隱藏自己的裸體；但又必須不斷分心思考其他事情來分散自己的注意力，令自己保持冷靜。而正是通過她在載浮載沉中整理思緒的過程，我們逐漸理解她的生活狀況、性格與渴求。

作者非常善於在細微之處佈置一些令人意外的轉折——譬如色諾娃對自己身體的曖昧態度。剛發現自己丟失泳衣時，她努力通過思考與觀察自己去迴避自己的身體，令人覺得她不大接受自己的身體。但作者隨即又說她一直都為自己的身體感到自豪，只是當前的特殊環境才令她感到羞恥。筆鋒一轉，又寫出她另一種截然不同的心態：她平日總是那個穿著衣服、掩蓋裝扮下的自己，而那赤裸的身體只是偶然顯露的自然狀態，並不屬於她本人。甚至當她私下在丈夫面前赤身露體，也會有一種很複雜微妙的尷尬與侷促，而裸體諷刺地成了她在夫妻床笫之間的一種偽裝打扮。換句話說，她已經習慣了不願意擁有這副身軀。可是，她又著實非常享受赤裸地沉浸於大海之中——她完全察覺不到自己丟失了泳衣，可見她是多麼沉醉享受。

對自己身體的思考令她暫時忘卻自身的處境，但又自然地把她帶回這身體造成的現實。她知道沒法獨力擺脫這個困境，因此盡力避免引人注目的同時，又不斷物色可以求助的對象。可是，在她的眼中，所有——不論在船上還是水中、單身還是結伴而來的——男性總是不懷好意。女性又如何？一來理應沒有那麼尷尬，二來既然大家都是女性，自然應該更明白自己的處境與需要。出乎意料的是，她根本沒有考慮向女性求援：與男伴同來的對其他女性總是充滿嫉妒與猜忌，而單身的又往往傲慢與自我中心。作為女性，她唯一可以依賴、求助的就只有男性。因此，此時此刻真正能拯救她的天使，根本就不存在。

以上一切容易令人聯到性別的議題，但我認為作者想帶出的是更深層、關於生活的反思。讓我們回到場景的設定。跟大部分在海灘的人一樣，主人翁色諾娃是在陸地／城市生活的人，來到這裡只是渡假玩樂。海灘是介乎陸地與海洋的過渡空間，對城市人來說只是短暫逗留的地方。陸地象徵穩定、文明的日常生活，對她而言自然是熟悉不過。但從她對海灘上的男女的想法，可見她對來自城市的人充滿戒心。加上丈夫——本應是與她最親密的人——在渡假時撇下她一個回城裡，她亦沒有跟他回去，而兩人平常亦似乎說不上親暱，反映出城市生活的冷漠與疏離。而且，她總是只能以一套特定的服飾——別人太太的身份——來生活，既渴望又不願意袒露自己的真面目，甚至連自己的真正一面到底是甚麼（作為一個在城市生活的文明人，究竟穿衣服的自己還是赤裸的自己真實些？）、是否真的想表現出來也不清楚。

　　因此，色諾娃特別喜歡大海。雖然這是個不熟悉的地方，但她在海中卻反而如魚得水，非常自在，因為她可以作為一個個體與大海融為一體，不用理會文明套在她身上的各種衣飾、身份與規範（但其實她也不能完全忽視文明社會的要求，只能接受兩件頭泳衣而非裸泳）。問題是，無論多麼舒暢，人不能在海中生活，她亦不能永遠留在海灘，最終必須回到城市生活。

　　故事最後奇怪地花了接近全文十分之一的篇幅，來描繪色諾娃獲救後，回程時眼中恬靜閒適的漁村生活。雖然她猜想拯

救她的漁民父子應該看到了自己的裸體，卻沒有因此而不安；身穿村民長裙的她，還覺得在其他人眼裡一定以為她們是一家人，並且希望這趟航程永遠不要結束。這一切明顯透露出她對漁村生活的憧憬——漁村生活正好是令人窒息的城市文明與無法生活的自然大海，或只能渡假玩樂的海灘之間的完美折衷。

正正是這裡揭示出作者的厲害。一般而言，小說創作大致上都是運用以下其中一種敍事手法：1）「第一身敍事」，即從主角「我」的主觀視角出發，描寫主角的個人經歷、看法與感受；2）「第三身敍事」，即從作者的全知視角，描述不同角色的客觀處境與主觀看法與感受。表面上，這篇小說是以第三身敍事的方式寫成，卻明顯一面倒地集中描繪色諾娃的主觀想法與感受。問題是：既然如此，為何不索性用第一身敍事？以「我」為主角來重寫這個故事，照理應該不難寫得更加有趣。

以第三身敍事，正是要令讀者產生一種錯覺，以為有關色諾娃的一切——包括她對自己身體的思考、對其他人的猜度、關於男性與女性的觀感與判斷、對漁村生活的印象——都是客觀事實，但實際上從頭到尾都不過是她的主觀想法。特別是篇末的描述，明顯是要令讀者感到漁村生活作為文明與自然的理想結合有多美好，但其實一切只是色諾娃一廂情願的主觀想像。作為都市人，她偶爾脫軌到海邊一趟，當然感到脫胎換骨、彷彿能夠尋回自我。但對漁民而言，這裡只是他們日常生活的場所，每天重複著日曬雨淋的艱苦工作；而漁村也不過是另一

種社會形態，生活其中同樣需要以不同面貌跟不同人合作交往，牽扯進各種人際瓜葛。

在〈泳客奇遇記〉中，卡爾維諾寫出了愛的艱難與生活的沮喪。愛要求人與人之間坦誠相對，互相信任，但這首先要求我們了解自己，明白諒解他人。然而在現代社會中，人自少便學會隱藏自我，穿上各種偽裝與人交往；保護自己的同時，漸漸變得難以表露自己真實的一面、甚至迷失自我，因而亦不懂得如何對待自己與他人，最終造成人與人之間的疏離冷漠。只要我們一日未尋回自我，不論在哪裡，也難以與他人建立理想的生活。

（原文刊登於《明報》世紀版。）

親切的疏離：
my little airport〈憂傷的嫖客〉

某日跟 Clave 的低音結他手 Anson 飲茶傾音樂，由他跟隊友到加拿大演出的見聞、他另一樂隊 Driver-by 剛出的首張 EP《Lands Between》，說到香港獨立音樂人的困難與辛酸，然後彷彿順理成章，就談到剛剛舉行了一連 6 場「你告訴我一個昆德拉的故事（sorry, the same old story）」演唱會的 my little airport（mla）。

　　由林阿 P 跟 Nicole 組成的 mla 極度專注於自己的音樂，絕大部分時間就是作歌填詞與錄音。你不會見到他們參與綜藝遊戲、在電視與電影中演出、擔當節目主持或拍攝廣告，連接受訪問也極為罕見。而除了一年一度自己的專場演出之外，基本上絕跡一切細 gigs 大 fests。作為獨立樂隊，mla 真的非常成功，既能夠堅持自己獨特的行事與音樂風格，又得到廣大樂迷支持——專輯銷售理想，更能夠在 Star Hall 開 6 場主演全部爆滿，在香港獨立樂隊中堪稱傳奇。喜歡 mla 的人大概都會感受到他們的魔力，然而他們的獨到之處卻不容易說清。我們傾到茶樓午市落場、侍應熄燈驅趕，仍覺意猶未盡，卻令我開始理解到他們那謎樣的特質。

　　初次接觸 mla，應該是大概十年前。驟耳聽來一切都非常簡單，甚至有種家庭手作的味道。mla 的分工非常清晰，除了寥寥無幾的例外，基本上阿 P 包辦所有歌曲的作曲、作詞與編曲，偶爾也會獨白和負責一首半首歌的主唱；而 Nicole 則主要只是負責演唱。歌曲的旋律沒有甚麼起伏，編曲毫不複雜華麗，有

時甚至會有點兒戲的感覺。歌詞也是簡單直白，沒有甚麼艱深詞彙與朦朧意象，有時還不大協音；不時會夾雜廣東話甚至突然爆出些粗口字，但有時又會有些文藝得很的句子。也有法文和一些聽起來港式的英文，甚至會不時引用一些文學作品。

令我印象較為深刻的是歌曲的取材，幾乎全部都是來自阿P生活中點點滴滴的一切，而他似乎總是寫自己想寫的，不會有任何忌諱：朋友的生活片段，自己工作（或不想工作）的經驗；不會掩飾對社會與政治議題的批判，寫愛情也毫不迴避性、嫖妓、兼職女友、不倫戀、避孕等話題。是有些大膽，不過初聽時也只是覺得純粹搞笑——畢竟笑話大都是以日常禁忌為題材。演繹方面，Nicole不是技巧派，不會飆高音，總是輕輕淡淡的唱出一個個故事，聽起來也蠻舒服。總體而言，那時覺得mla的歌聽落舒舒服服幾得意，但又說不上很鍾意。直至2022年10月，我第一次有機會近距離感受mla現場演出的強大感染力（感謝樂隊Wing It Dawn的Wing姐），因而重新思考他們的作品。其中特別引起我注意的，是當日才第一次（原諒我那陣時不知道……）聽到的〈憂傷的嫖客〉。

看到歌名的第一個反應已經想笑——寫嫖客的歌我還是第一次見。其實，小說、電影和電視也不時會有相關情節，但不知為何以這類題材入詞卻極為罕見。而正常來說，要寫這類偏鋒犯禁的主題，詞人一般不是走鬼馬詼諧路線，開些低俗的黃色玩笑，就是挑戰傳統觀念，大膽直書甚至美化情慾。因此，

這首歌驟耳聽來已覺十分特別：音樂簡單、輕快而帶點懷舊，歌詞的故事情節清晰而且很有畫面，幽默而不低俗（尤其鳳姐對嫖客臨別的一句話更是神來之筆），卻居然沒有任何關於肉體交易的情慾描寫。而在再三細聽、反覆推敲之後，更加發覺當中蘊藏複雜細膩的思想與情感。

故事由阿 P 跟 Nicole 的合唱展開：

阿 P + Nicole： 我就這樣痛哭一場，在陌生女子懷內失常
Nicole： 你說我長得跟你舊愛很像，才令你突然這樣憂傷

［獨白］
Nicole：「你不用那麼傷心，早晚你會找到一個喜歡你的人。」
阿 P： 「不是，是我自己不想再跟人一起，我覺得我跟其他人不能相處。」
Nicole：「如果不合適就早點分開，以後的日子還長呢。」

從歌名可知男的就是嫖客，那這個陌生女子自然是鳳姐了。不知道嫖客與鳳姐是否已然肉帛相見，但他卻因她跟舊愛很像而把日常埋掩的憂傷對她赤裸呈現。她以禮貌客套的聲線講了些安慰說話（國語獨白），再唱出歌中一個重點：

Nicole：

我說人生的經歷總無常，你又何必介懷心上？

一切苦與樂最終都一樣，是為旅途增添花樣

　　一切人際關係，皆只是人生旅途中的片段和插曲，沒有甚麼可以永久；而不論是悲是喜，都只是沿路的點綴與裝飾，因此無需耿耿於懷。

　　[獨白]

阿P：　　我一路喊，你一路安慰我

Nicole：　「你跟她一起多久？為甚麼要分開？」

阿P：　　我越講越激動，直到走嘅時候，你問⋯⋯

Nicole：　「哎，小費可以多給一點嗎？」

阿P：　　我先突然無咁傷心

　　這是一段非常精彩的獨白。形式上，一人一句好像是對話，但看真點其實不是。嫖客激動的真情流露是自我觀照的間接複述，鳳姐虛情假意的安慰說話卻是直接引用。這個巧妙安排一方面把一切情感對沖淡化下來，令人不會感到煽情，同時又在兩人的交流之間營造出一種奇怪的割裂，為後來的意外發展鋪路。

　　正當我們浪漫地以為，他們會因為這一夜邂逅交心而至少成為了朋友，卻來了個戲劇性的轉折：在門口臨別之際，她開口問他能否多給點小費，把兩人關懷交心的表皮戛然撕破，袒

露出互相利用、各取所需的實相——費用本來只包性交，交心當然另計。原先的平衡崩潰，她終究只是一個金錢掛帥的鳳姐，他隨即回到現實，平靜下來。

嫖客因失去舊愛而悲哀，照理是因為寂寞，渴求伴侶。他卻又自覺不懂跟人相處，拒絕跟別人建立親密關係。反而在這個本應是只講肉體關係的房間，在鳳姐的職業慰問下，他卻能夠敞開心扉盡吐心中情。有趣的是，這位鳳姐之所以有此能耐，正是由於她同時擁有嫖客熟悉的外表，但又是個跟他只有「專業」關係的陌生女子。因為親密熟悉，才會想跟對方傾訴分享；但又只有明知跟陌生的對方只是短暫交錯，才不怕因過份投入而為自己帶來傷害。

阿 P 文字帶來的意外，在 Nicole 溫柔但疏離的聲線演繹下又成了那麼理所當然，營造出一種獨特輕淡的蕩氣迴腸。

最後，Nicole 以輕柔的歌聲總結了這個故事：

由不相識再到交心一場，然後又回復正常
四十分鐘的關係似夢一樣，人生經歷總無常
你又何必介懷心上？

「由不相識再到交心一場，然後又回復正常」，不單只描述了嫖客與鳳姐短暫的相遇，更概括了一切較為理想——起碼

有「交心一場」——的人際關係。兩個人就是兩條直線，或許是平行地永不相交，或許是只會相交一次，然後漸行漸遠。四十分鐘跟三個月、一年、甚至十年，其實沒有甚麼大分別——都只如夢般虛幻，轉眼便已消逝。

沒有激烈起伏的音階跳躍、末段連升三次 key 的呼天搶地、激昂的鼓與淒厲的結他，以及抽象晦澀的隱喻與意象，甚至看不到「寂寞」、「疏離」這些詞語，〈憂傷的嫖客〉卻透過輕快簡單的旋律與編曲、淺易但幽默的措辭與句子、輕鬆淡然的讀白與演唱，深刻地道盡了現代人熟悉不過的疏離與寂寞：每個人就是一個孤獨的自我，而跟靈魂伴侶長相廝守的渴求，只能在與陌生人的互相利用中，短暫而虛假地成就。最悲哀與荒謬的是，我們明知事實如此，卻只能盡力把感受收藏，而無法不介懷心上。

（原文刊登於《明報》世紀版。）

出於愛的距離：安妮・艾諾《位置》

很多人都理所當然地以為，一篇優秀的小說，必須文筆優美流麗，擅用各種修辭技巧，充斥一個個性格鮮明、魅力十足的角色，一段段峰迴路轉、扣人心弦、可歌可泣的劇情，體現出作者天馬行空的想像力。但當你抱著這些期待去看當代法國小說家的作品時，往往會感到莫名其妙、不明所以：這些故事平淡，文字淺白的小說，為何具有如此高的文學價值？這亦是我第一次讀諾貝爾文學獎得主安妮・艾諾（Annie Ernaux，1940 —）的作品《位置》（La Place）時的感覺。

在一個異常炎熱的 8 月，我有幸狐假虎威，跟深諳法國文學的 Sabrina 一起主持由網上自由教育平台「學識」舉辦的「法國當代小說導讀」，跟參加者一同探討了五位獲頒諾貝爾文學獎的法國作家——卡繆（1957）、沙特（1964；拒絕領獎）、勒・克萊齊奧（2008）、莫迪亞諾（2014）以及艾諾（2022）的作品，

反覆細味思量它們有何獨特精彩之處，為令人頭昏腦脹的盛夏沁入絲絲清涼。

　　跟一般虛構小說不同，《位置》（以及之後的其他作品）是艾諾從她本人的主觀體驗出發，基於自己的回憶與各種事實的證據，以第一人稱敍事手法，通過直白平實的筆觸，記述自己父親的一生。故事由她參加教師資格試開始，而父親在她獲得教師資格之後兩個月，以67歲之齡去世。她回老家辦理喪事，看到父親時沒有甚麼悲痛欲絕，甚至覺得那具躺在床上的遺體已經不是自己的爸爸。喪禮完結，打點一切之後，在回程的火車上，她突然間覺得自己「還真是個中產階級」，還有「一切都太遲了」的想法猛然湧上心頭。

　　後來，她心裡一直想著「必須把這一切說清楚」，「以父親為題材來寫作，他的一生，以及從我青少年時期就存在的，他和我之間的距離。階級的距離，可是，是一種特殊的，無以名之的階級。就像分據兩處，不相交的愛。」起初，她嘗試以父親為主角寫一篇小說，寫到一半卻覺得反感寫不下去。最後改為以「平鋪直敍的文筆自然的流露紙頁」的寫法，來寫下《位置》這篇小說。

　　表面看來，這都不過是艾諾交代自己當日回鄉處理父親後事的經過，既沒有甚麼驚人事故，行文亦是平鋪直敍，充其量不過是作為故事的引子，交代自己為何要寫下這篇小說。然而，

只要稍為認真思考一下，便不難發覺當中疑雲陣陣，充滿謎團：為甚麼她會在回程時突然覺得自己是個中產？到底是甚麼「太遲了」？為何要把父親的一生寫出來？就算要寫，正常來說不是應該寫自己對父親的愛與懷念嗎？為何居然會把焦點放在兩人的階級距離？又為甚麼不能以一般小說的方式去寫？究竟這一切是甚麼意思？歸根究底，她究竟想通過寫出父親的一生來達到甚麼目的？

艾諾是如何書寫她父親的一生？她先寫她的祖父。祖父從小就替大農戶的農莊當僱工，每當有人跟她提起祖父時總是強調「他不識字，也不會寫字」。而他自己不單不介意自己不識字，看到家裡有人看書或看報紙的時候更會暴怒，覺得他們都在浪費時間。換句話說，祖父完全不重視讀書學習，亦不覺得自己跟兒子有需要脫離一直過著的生活。

相反，艾諾的父親卻是一個自小希望、但又自知不能擺脫低下階層生活的人。他喜歡讀書，也努力學習寫字。他明白只有讀書識字才能夠令他脫離當時的生活，無奈祖父對他的渴求毫不重視。父親雖然有上學，但農忙時祖父必定要他到田裡幫忙；而當他 12 歲時，祖父更不再讓他上學，要他跟自己到農莊工作，令他失去成為一個有教養的人的機會。跟祖父完全接受自己的地位不同，父親對自己身份的卑下隱隱然有所不滿。祖父由始至終只講土話，父親卻把它視為老土而醜陋，標示著自身的卑微，因而努力去擺脫它，並慶幸自己能夠以高尚的法文

——雖然不算說得十分好——與人交談。他在他認為重要的人面前時常會表現得緊張與害羞，擔心自己舉止不得體，怕會丟人現眼。

雖然自己無法逃離，父親卻竭盡所能要把女兒培養成材，好讓她可以脫離自己脫離不了的生活，進入一個自己甚至無法理解的世界。父親努力賺錢，為女兒提供一切生活所需。小時候的艾諾所擁有的，即使跟其他大農戶或藥劑師的女兒相比，也毫不遜色。他尤其重視她的學業，讓她跟其他中產家庭的孩子一同上學，提醒她上課要認真，而且滿心期待她會比自己更出色。

隨著艾諾逐漸成長，學識越來越豐富，開始接觸其他同學那個陌生的中產生活圈子。她開始因意識到自己出身卑微而感到焦慮、羞恥與難堪，並且會遷怒於父親：有一回老師指責她說的法文錯了，她回頭就怪責父親，說被罵是因為父親一直把話說錯，令她受到壞影響才學不好。16歲時，她總是自己躲在房裡做功課、聽音樂和看書，吃飯時才下樓，也不跟家人說話。漸漸地，她在心態上已經離開身邊的親人。她跟父親越來越疏遠，不再交談溝通，父親亦不再理解女兒的世界。

父親知道書本與音樂對女兒是好，但他自己卻不需要這些東西來過日子。對女兒而言，父親的思想與觀念早已落伍。當他費力想在她的朋友面前表現待客之道時，在女兒眼中反而洩

露了自己的低俗與卑微。最後，當艾諾跟一個高學歷、有文化、有教養的同學結婚，正式展開理想新生活時，父親必定感到很安慰，因為這正是他一直努力的目標。然而，他同時又明白這意味著女兒終於徹底離開了自己的世界，因此艾諾回想當日她「正在笑到一半的時候轉向他那邊看，知道他並不開心」。

這就是父親對艾諾那獨特、無私的愛。一般人對別人的愛，大多表現為要盡可能把兩人的距離縮短，甚至合而為一，不分你我，心意相通。但父親對艾諾的愛，卻表現為竭盡所能擴大自己跟女兒的階級距離，把女兒送到那個鄙夷他、但對她而言更好的中產世界。他明知這樣做必然會破壞跟女兒的親密關係，因為當他們的學歷、思想、生活圈子都不同，他們便沒有甚麼共同話題，亦難以認同甚至理解對方所思所想，因而無法溝通交流。父親的愛，正在於通過犧牲自己與最愛女兒的關係來成就她的幸福。

同時，這部小說本身亦是艾諾對父親的愛的回應。一路走來，她都不理解父親對她的愛，反而因為父親成功令自己逐漸脫離低下階層的生活與思維方式，而變得對自己的出身不滿，對父親的老土無知心生厭惡。直到父親過世，處理完所有身後事宜，在回程火車的頭等車廂裡突然自覺到自己的中產身份那一刻，才驚覺父親對自己所做一切的苦心和犧牲，但已不能親口向父親訴說自己的感激與悔疚，因此才感到「一切都太遲了」。由於學養所限，父親只能通過行動而無法運用語言來表

達自己對女兒的愛。因此，艾諾唯一可以而且必須要做的，便是為父親代言，以文學家的筆觸如實呈現他對女兒那份複雜微妙的愛。起初，她只是以普通寫小說的心態來交代，然而這樣很容易便會為了各種文學效果而雕章琢句，甚至加入杜撰想像的情節，失卻真情實感。

因此，艾諾採用了一種非常特別的寫作技巧：她極度克制，不作任何無謂修飾與渲染，單以平實直白的筆調，通過精心選擇、剪裁與編排來描寫父親的事跡。通過祖父的無知與不介意

無知,映襯父親對自己的關懷和遠見。在父親的遺物中,特別撿出他唸書時的初級讀本《兩個孩子環遊法國》(表現他未能繼續學業的遺憾);與及那張一直夾在錢包裡、記錄了自己女兒是第二名的女師專入學試放榜名單(顯示他如何以女兒的成績為榮)。最後,艾諾以自己 12 歲(即父親輟學的年歲)時父親第一次帶自己到圖書館,每天用腳踏車把自己由家裡(低下階層的生活)送到學校(進入中產世界的鑰匙),以及偶然在超級市場碰見一個沒有再唸書、成為了收銀員的舊學生(暗示自己如果沒有唸書的可能下場)作結,淡然流露出對父親那只能體現在跟女兒無法踰越的距離的愛的深刻理解與感激。

(原文刊登於《明報》世紀版。)

無條件的不可能：奧登〈愛得更深的人〉

在網上偶然看到威斯坦·休·奧登（W. H. Auden，1907 — 1973）的〈愛得更深的人〉（The More Loving One），初讀覺得雖然有些語句直接辛辣，頗為特別，也不過是歌頌愛的偉大；但越加細想越覺得有意思，根本不是那一回事。

The More Loving One

Looking up at the stars, I know quite well

That, for all they care, I can go to hell,

But on earth indifference is the least

We have to dread from man or beast.

How should we like it were stars to burn

With a passion for us we could not return?

If equal affection cannot be,

Let the more loving one be me.

Admirer as I think I am

Of stars that do not give a damn,

I cannot, now I see them, say

I missed one terribly all day.

Were all stars to disappear or die,

I should learn to look at an empty sky

And feel its total dark sublime,

Though this might take me a little time.

愛得更深的人　　（翻譯：李敬恒）

仰望繁星，我很明瞭
哪怕我下地獄，它們也毫不在意，
但在地上我們從人或野獸身上
最不需害怕的已是冷漠無視。

我們會有何感受假使繁星
以我們無法回報的熱情為我們焚燒？
假使不可能有對等的情感，
讓我成為那愛得更深的人。

像我自以為那樣的一個
那些毫不在乎的星的追隨者，
我，這刻把它們看得分明，說不出
我整日都非常惦掛當中一顆星。

假使繁星盡皆消失或死亡，
我當學會對著虛空的天凝望
感受它那完全黑暗莊嚴，
可能這要花我一點時間，雖然。

詩由「我」抬頭望著天上繁星開始。星夜如斯亮麗，總令人不由自主地戀慕，甚至陷進浪漫的自我陶醉：若不是為了把我的人生照亮，它們為何堅持每個晚上都在我頭頂的夜空熱情地閃爍？一旦對繁星投放過多情感，難免期盼獲得同等甚至更多的愛。因此，「我」趕緊理性地告訴自己：繁星並非為我發放光芒——它們只是自然如此，自顧在夜空中耀眼奪目，跟人的渴望和理想沒有絲毫瓜葛。

「我」沒有理由相信繁星居然注意到「我」的存在，更別妄想它們會為「我」幹任何事情。「我」必須有這樣的覺悟，否則到後來才發現它們其實毫不在乎「我」的死活，那種痛苦將是何等難以承受！但「我」又隨即安慰自己：其實我們在地上人間生活，早已習慣面對來自人或獸（或那些其實只是禽獸的人）的各種威脅和危險，受到冷漠無視已可算是不幸中之大幸，根本無須害怕惋惜。

詩如果就這樣完結已算不錯，但詩人進一步提出了一個非常有趣的問題：如果繁星並非如此冷漠，甚至反過來以最大的熱情焚燒自己燃亮我們的生命，我們將會有何感受？我們會因無須付出而獲得所需的關愛而快樂嗎？「If equal affection cannot be, Let the more loving one be me」，很容易令人以為是在說：與其要我深愛的繁星得不到相應回報地為我付出，倒不如讓「我」來吃這個虧，成為那「愛得更深的人」，承受被欠的痛苦與不幸。聽起來雖然悲哀，但有了這層覺悟，星的漠不關

心反可令「我」感到一種源於自我犧牲的偉大：只求付出，不計回報，不正顯得「我」的愛是多麼純粹和真實！

詩如果就這樣完結已經很好，但詩人卻居然能夠把這個課題再推深一層！「我」說要成為那「愛得更深的人」，問題是：當「我」明知繁星對「我」毫不在乎，「我」是否真的仍然能夠成為它們義無反顧的追隨者，單方面毫無保留地付出「我」的熱情和真心？「我」是否真的能夠無條件地深愛著這滿天繁星，直至永恆？答案是：根本不可能！

「I cannot, now I see them, say ／ I missed one terribly all day」：「all day」可以是強調「連非常地掛念一整天也做不到」，或「在日間──看不見星的時候──已無法非常掛念」。重要的是：面對繁星冷漠如斯，「我」連「我整日也非常記掛當中一顆星」這樣的話也說不出口──別說真的掛念，更遑論愛；莫道滿天繁星，連當中一顆也不能。面對那些對「我」不屑一顧的，「我」根本無法成為那「愛得更深的人」；倘使無條件付出是真愛的本質，「我」連愛也不能。

明白這一點，讓我們再回頭看一遍「If equal affection cannot be, Let the more loving one be me」。實情是：被愛固然令人欣慰和興奮，但我們卻不能無視星的熱情與犧牲──事實上，它們逼使我們作出回應。但渺小的人類又憑甚麼對繁星付出對等的回饋？這種單方面的被愛，沉重得足以把那些稍微有責任感

和羞恥心的人摧毀壓垮。因此，「我」還是寧可成為那「愛得更深的人」——並非由於「我」偉大得不求回報，純粹是因為「我」承受不了那永遠無法償還的虧欠，於是寧願成為那吃虧的人，至少可以享受一種自以為是、作為一個無私受害者的快感。雖然，到頭來這亦不過是自欺欺人。

即使有朝一日，這滿天繁星盡皆消失不見，「我」不應亦沒有必要為此悲痛留戀，反倒可以鬆一口氣，學習擺脫對星的執迷，欣賞無星的夜空。這當然並非一朝一夕可以做到的事情——因為「我」早已習慣痴戀星的光芒，一時間自然難以體會完全黑暗那不卑不亢的崇高與莊嚴。

因此，我認為這首詩並非如一些評論所說要歌頌無條件的愛的偉大；相反，它的精彩之處恰恰在於，通過刺穿無條件的愛的虛妄揭示人類情感複雜、微妙的矛盾與脆弱：人無法無條件地去愛，卻渴望獲得實際上承受不了的無條件的愛。

（原文刊登於《火苗文人·人文專欄》。）

現代人的輓歌：黃碧雲《七宗罪》

一

　　人置身其中、承受無盡的苦痛煎熬的場所，稱之為「地獄」；而「罪」則是導致人下地獄的原因。在西方基督教傳統中，人因為犯罪而需要下地獄。從最基本的意義來說，罪源於人對上帝的背離。罪使人沉溺於世俗慾求而棄絕神，因而人要為此贖罪，在地獄永恆之火中輾轉呻吟。

　　但假設上帝不存在，罪是否還有意義？地獄又會否存在？這正是黃碧雲在其作品《七宗罪》中所要探討的問題。作者透過七個獨立故事，為人的「罪」和「地獄」賦予一個現代意義。她重新詮釋了中古時期基督教的七宗罪——「饕餮」、「懶惰」、「忿怒」、「妒忌」、「貪婪」、「好欲」和「驕傲」，描繪出它們在香港這個現代社會中如何呈現，告訴我們：現代社會的人，根本打從一開始就是活在地獄之中，而且完全沒有出路。

構成現代社會的核心概念，就是價值主觀主義與個人主義。價值被視為只是個人主觀選擇的結果，而沒有普遍適用於所有時代地域的客觀有效性。人類理性的抬頭，使得傳統倫理道德理想失卻了以往對人的權威與約束力。換句話說，個人終於憑藉自己的能力，成功掙脫傳統的枷鎖，得到自由。

　　另一方面，由於個人的選擇被看成是價值的根源，個人的地位大大提高。跟傳統社會中個人從屬於群體（國家／社會／家庭）不同，獨立自主成為了人的本質、自我的全部。隨著人對價值和自我的觀念改變，社會亦由教化人民、培養人格的大家庭，轉化成個人追求自己慾望滿足的場所。現代社會的這種特點，在政治和經濟制度上分別表現為自由主義與資本主義。作者所要展現的，正是這樣一種個人主義如何產生把現代人拖進「地獄」的各種「罪」。

二

　　現代人大多接受價值主觀主義。往好的方面看，人終於成為自己的主人，亦是自己價值觀的根源。問題是，隨著傳統（包括宗教）的權威消退，人也喪失了生命意義的寄託。如果一切事物——包括人生理想——都只是因為個人的選擇而有價值，我怎知自己有沒有選錯？而人是會犯錯的。理性能夠幫助我們達到既定的目的，卻似乎不能確保它們具有真正的價值。因此，談

甚麼人生理想、終極關懷，盡皆成為不切實際的空話。另一方面，人成為獨立自主的個體，意味著個人跟社群的內在關係不再。人不能再從對家庭、社會和國家的委身奉獻中找到自己的身份認同，成為了一個個孤立的原子。

在這種情況下，人可以真正依靠的就只有自己，可以切實掌握的，就只剩下追求自己當下慾望的滿足。每個人都以自我為中心，把自己看得比其他一切重要，以為單憑自己能夠解釋、解決一切問題，這就是「驕傲」。就像〈驕傲〉中的黃玫瑰，作者把她描繪成一個聰明理智、沉醉於數學（人類理性的最高表現），但卻完全不理會身邊人的數學教授。朋友說她「想自己的事情比較多」，母親也說她「沒有心」。實際上，理性會帶來悖論，而人是何其渺小，面對世界時是何等無能為力。黃玫瑰後來因抄襲別人的論文而失去教職，被逼離開象牙塔重投社會工作，才驚覺自己的孤立，發現自己完全不能在現實社會中生存。她的罪是驕傲，而生活，便成為了她的地獄。然而，人的自我中心還會進一步引發出其他性格缺陷，造成更多更大的苦痛，最後使我們生活的世界本身成為地獄。在這個意義下，驕傲為一切罪之至大。

三

客觀價值理想不存在，人只有借慾望的滿足來填補理想的

失落。於是，人便要不斷的佔有更多金錢和權力，把一切變成我的。在香港這個資本主義社會，「將負債變成資產，將資產變成更多的資產，就是遊戲規則」。人的尊嚴決定於他擁有多少，如〈貪婪〉中的戴芳菲要賺錢，「而且要快」，從而「有很多很多的尊嚴，很多很多的自主」。在這個不斷擁有更多的過程中，人會越來越害怕失去，因而好像方玉樹般失控地去懷疑身邊的一切，最後弄得甚麼也沒有。這種建立在擁有之上的尊嚴，原來「這樣便宜，甚至沒有一個價錢，人們隨手將之奉出」。以自我為中心，結果竟然是自我的迷失。

最關鍵的是，可以佔有的東西有限，新的慾望卻會無休止地產生，且越來越難滿足。因此，「只有透過人與人的殺戮，我們才可以有更多」，在這個意義下，「我們都是劊子手」。換句話說，每個人的貪婪使得所有人都處身地獄。

四

人的自我中心，使人連愛也不能。在〈饕餮〉中，子寒對如愛不饜足的需索，不單令得自己成為性無能，更把如愛扭曲成一隻要吞噬一切——子寒、冬冬、小喬和其他不知名的人——的暴食獸。當人只考慮自己，以為「只要我對你好，你便是屬於我的」，使愛也成為一種佔有的時候，愛原來也可以是「所有罪惡的根源」，家庭這傳統社會的最後避風塘亦扭曲成人互相折磨

的終極地獄。

當一個人不懂愛，得不到愛，便會因害怕受到傷害而越發封閉自己。〈懶惰〉所說的懶惰，指的是香港人式的勤勞。像篇首出現的男子：「做甚麼事也全心全意，像每個香港人一樣很勤勞，同時做六、七、八件事情，他絕不會浪費時間，沒有甚麼好挑剔的。」但這種勤勞其實只是心靈懶惰的面具。人透過工作使自己對自己、對別人變得麻木，一切都無可無不可，無所謂。逃避自己，其實等於死亡。人都渴望與他人溝通（傳真人受了重傷仍堅持要撐回傳真房），而這漠不關心的冷淡會影響、傷害身邊關懷你的人，使他們最終也放棄自己。這內心的冷漠和不動，這懶惰，便如瘟疫般，一個一個，擴散開去，人間便成了地獄。

原子式個人不單不能為自己的人生理想找到依歸，不能跟身邊的家人朋友建立真正關係，更難在社會國家中尋得自己的身份認同。對香港人來說，這點尤為真切。〈好欲〉中排山倒海般湧進湧出的名字，反映著九七前後過渡時期，政客投機者對香港的愛慾，那種欠缺忠誠，只求剎那歡愉的一夜情心態。香港這沙崙玫瑰，只是大家滿足慾望的場所，而「混濁的世界何嘗有忠誠」！問題是，沒有對國家社會的認同與忠誠，香港這個所謂家，就如一個單純肉慾上的性伴侶一樣，無論它多美麗，怎樣能夠滿足我們的慾望，也不能救贖我們空虛寂寞的心靈，反而只會成為誘惑我們陷身其中不能自拔的放縱地獄。

<h1 style="text-align:center">五</h1>

　　作者筆下的地獄最可怕之處，在於完全沒有出路，不存在任何救贖。

　　〈忿怒〉中居住在公屋的低下層市民，「各人有各人的眼淚」。人與人之間的敵視仇恨，只是眼前可見的表象。背後壓逼著他們的，他們怨毒的控訴所指向的，是整個世界，這個由冷漠自利孤立的個人所組成的社會：「甚麼世界不如燒了它」。這個世界既是很大很大，大得把人壓得喘不過氣；但同時卻又很小很小，小得把人困得無處可逃。人在這個世界中並沒有選擇，要生存便得承受這些折磨。或像九月一樣，「宣佈和這個世界從此決裂」。都一樣。

　　〈貪婪〉的戴芳菲好像有兩條路：拾起或不拾起那個十元硬幣，追求或是捨棄。但到頭來，原來「救贖並不是捨棄」，只是殊途同歸。都一樣。

　　更可悲的是，每個人根本從來都沒有離開過這個地獄。〈妒忌〉中的張悅、無憂和可喜三個少女擁有值得成年人妒忌的青春——一切都那麼新鮮；可以不顧一切，盡情表露自己的個性，「喜歡幹甚麼便幹甚麼」，如此自由。是最幸福吧？我們妒忌。但她們自己呢？原來只是覺得「這麼多的第一次，令人疲於奔命」、「真無聊」、「自由得可以發瘋」、「……徬徨，……一無所

有」。成長呢？連那不值分文的個性也失掉（死亡），只剩下「說別人想她說的，做別人想她做的，而她亦相信，這就是她想的她做的」的悲哀。青春的空虛暴烈，成長的迎合冷漠，都一樣。

六

　　這 7 篇獨立故事折射出來的光影，堆疊拼湊出現代人的困境：永恆地焚燒著現代人的地獄之火，正是人間的敵對、疏離與冷漠，而這一切源於人的自我中心。要離開這無間地獄，擺脫自我中心之餘，我們還必須重新認真思考：我們又應該重視與追求哪些價值？自私是否就是人類不可改變的本性？人，到底是甚麼？

（原文發表於個人網誌「頹苑」，亦曾刊登於「好青年荼毒室──哲學部」網頁。）

輯三：看盡末世風景

蛻變的渴求：鍾逆〈枯葉蝶〉

我們當然要說好香港故事，讓人了解香港是一個怎樣的地方，有怎麼樣的事情發生在甚麼人身上。然而，把故事說好是否等於只說好的故事、報喜不報憂？繼「法國當代小說導讀」課之後，我再與 Sabrina 一起主持「學識」舉辦的「香港當代文學讀書會」，其中跟與會朋友討論到收錄於小說集《動物家族》的〈枯葉蝶〉，欣賞作者鍾逆（鍾國強）如何巧妙呈現出一個被一步步逼迫至絕望邊緣的普通人。

小說通過曾先生對朋友黃的回憶以及道聽途說回來的片段，拼湊出黃坎坷的人生。黃是一名教師，因工作壓力患上精神病，輾轉在不同學校教書，卻不斷被投訴，結果要提早退休。黃之後做過保安，但也做不長，終於靠領綜援維生。沒有工作之後，黃熱衷收集些古靈精怪的事物，也有一陣子製作大量蝴蝶標本。後來標本不知哪裡去了，又換來一屋子書。跟進黃的社工汪發現他把自己困在書山中，足不出戶，覺得不安，便找曾幫助。

曾帶黃到兩人兒時經常一起玩樂的木廠走了一轉，黃情況好像稍為好轉。怎料後來黃的病情再度惡化，被送到院舍住了一個月。有一天他又突然回復正常，要求搬回自己的公屋。黃回家後，把所有藏書都丟了，甚至連煙也戒掉。初次病發之後，可能由於藥物的關係，黃的身型變得異常肥胖；而這次重回公屋之後，突然開始消瘦。有一段時間他每天都積極往街外跑，不知為何充滿熱忱。之後又突然失蹤了一星期，回來後彷彿變了另一個人，不再說多餘的話，並且開始暴瘦，不久之後便死了。

　　三十來頁的故事，文字、人物關係──主要就是黃、曾與社工汪──與情節都不複雜，但讀時卻有種異樣的不暢順：事件好像只有時間先後，背後的意義與前因後果，甚至是否真的有發生，卻不甚清楚，疑雲陣陣。我即時想到兩個最簡單的解釋：1) 黃是精神病患者，所做所為理所當然沒有甚麼邏輯跟意義可言；2) 這純粹是作者的寫作手法，通過把黃的生活片段陳列疊加，拼湊出一幅曖昧的肖像畫。我卻覺得並不只是這樣。

　　關鍵在於，整個故事並非本自一個全知視角，而是純粹來自曾的所見所聞，而這意味著故事只能交代他知道、記得以及理解的事情。曾自言是黃「幾十年的朋友」，而且黃似乎亦非常重視他──當汪問黃有甚麼朋友時，黃就只留了他的號碼，但他卻對黃不甚了解。因此，當我們看到有關黃的各種事情時，感受到的其實是曾的疑惑與不解。

曾「跟黃接觸不多」，電話聊天也少，主要還是黃主動找他，而他也只是敷衍著黃，由他自說自話；而後來當黃不再打給他了，他也只是「習慣了」，還居然淡淡的說這是「君子之交淡如水」。事實上，當曾談到黃時，首先出現的字眼，往往是「不知道」、「不清楚」、「不記得」、「忘記了」、「習慣了」、「沒甚麼」。我認為這正是作者的意圖：想要讀者從第一身感受到，曾對黃根本毫不關心。

作為讀者，我們也會因純粹好奇而想知道黃的經歷與心情，但作為黃的唯一朋友，他卻沒有絲毫興趣，亦完全沒有想過要花任何心思去了解每件事情的來龍去脈，以及背後的因由和意義——哪怕看起來多麼難明怪異。黃好像經常被人投訴，到底是他的問題還是其他人的問題？他為何要把自己脫光然後對天大罵？他是否真的被人逼害？他跟前妻究竟因何分離？他是否喜歡舊詩詞？不停抄寫詩詞跟前妻是否有關係？他還有掛念她嗎？他為何要收集不同的東西？又為何把它們全都丟棄？他為甚麼製作蝴蝶標本，更特別渴望收集到枯葉蝶？那些標本後來又為何全都不見了？他為甚麼一時把自己困在家裡，一時又充滿熱情四出奔走，後來又變得沉默寡言，甚至飲食生存也好像失去興趣？木廠對黃有何特別的吸引力？我們看不明白，因為曾對這一切根本半點不上心。甚至當汪告訴他黃——一個精神病患者——失蹤了，他也沒有放在心上。而曾是黃唯一的朋友，即是說黃一直只能獨自面對自己的問題。

那麼，就讓我們根據曾所知道的點滴，猜想下黃的一生究竟是一個怎樣的故事。黃一開始是個名副其實的熱血教師，無休止地處理日常繁重瑣碎的教務外，不單盡力滿足校方家長的要求，而且對自己也有要求，不願只為自己的業績而催谷學生的成績，反而竭盡心力希望學生能真正學好。然而一個人的時間與心力有限，結果兩頭不及岸。不但校方、家長與學生不斷施壓，更因自己放棄不了任何一邊——既不能灑脫地我行我素，又不甘心全情融入這個教育制度，同時承受著自己給自己的無盡壓力，終於崩潰爆發，在大馬路的安全島脫掉一切外在的粉飾包裝，赤身露體地以粗言穢語大罵代表制度的校長、教學主任、教育署督學和家教會主席。這真性情的展露非常短暫，迅速便遭接報的警員（來自管治體制的力量）壓倒制伏，再送進精神病院（醫療體制）監控處理。

　　剛出院時，黃還未對教育與學生死心，轉到其他學校繼續教書，但後來也開始埋怨他本來最著緊的學生。不過，初時他的態度還是相對積極，總是說「轉好，轉好」，認為有個新開始，不用面對從前也不錯。但漸漸地，他不再理會教學的工作，會在教桌上睡覺，講課時魂遊。曾的解釋是藥物的作用，但我認為更重要的是他已經徹底放棄了教師這個身份。大概是因為他終於體認到，在這個社會裡，所有人都只著眼於如何符合滿足這個制度，而根本就沒有人關心教育與學習的真正目的和意義，不管你在哪間學校都一樣。由最初竭力想同時兼顧制度與教育，最終把兩者同時摒棄，不再是教師的黃，失去了他原本最珍視

的身份，亦失去人生的支柱。之後轉行做保安，不過是一份工作；而最終依賴綜援維生，對他而言其實沒有甚麼所謂。

而當妻子離開他的時候，他再失去了另一條支柱。根據曾的憶述，我們僅知道黃的妻子並非嫌棄他的病，兩人婚後感情似乎也好，而他們的婚姻是在所住村屋被政府強行收地發展後才結束。我們不清楚黃與妻子為何分離，但黃曾經明白說過「推土機來了，他的好日子就忽然完了，他們的婚姻，就是給推土機碾平的」。政府追求發展的政策與制度並沒有針對他，但他卻無疑成為了犧牲品。轉變著實不斷發生，然而卻似乎沒有越轉越好。

黃渴望自己能夠蛻變轉化，最終沒有成功，但心底裡還是有所嚮往，把對轉化的渴望寄託在蝴蝶標本的製作。跟一般人不同，黃製作標本不是為了觀賞，不會在蝴蝶最年輕時把牠們捕殺，再放在精緻的飾盒中展示牠們的美麗。他不活捉再弄死，只是撿自然死亡掉在路邊園裡的屍體。他對待屍體也無比溫柔，製成的標本舒展翅膀停放各處：牆上、櫃上、桌上、椅背上、燈上、天花上，宛如飛翔。他要保留呈現的不是美，而是由毛蟲轉化成美麗蝴蝶的蛻變本身。他最想得到的是枯葉蝶，大概因為曾經也以為自己雖然看似一片乾死的殘葉，但其實是一隻能把腐果轉化成自己生命、只要機會到來仍可以振翅高飛、展露翅膀漂亮一面的枯葉蝶。可惜，最終他還是收集不到，而在體制之下，他亦明白自己這個唸書、曾經渴求教書的人，永遠

也只能是夾在書中的枯葉。他住院舍時曾經不斷抄寫納蘭性德的〈蝶戀花〉，除了思念前妻，似亦寄託了身死仍能化蝶的希冀。

從這個角度看，我們也可以理解木廠對黃有何吸引。木廠主人鄭伯竭力挽救被棄置的木樁燈柱，把它們鋸鋸成合適的形狀跟大小，讓它們蛻變重生，繼續發揮不同作用。在政府收地發展的政策下，木廠跟黃的村屋一樣劫數難逃，面臨結業。木廠最後付之一炬，假使真的是黃的所為，又是否由於他的絕望，而對那無處不在、無情地扼殺一切轉化希望的制度作出的最後反抗？

小說隱約交代了故事的背景，正是一個烽煙四起，翻天覆地的時代，令人對一切既有價值與信念感到困惑與不滿，亦是蛻變重生的契機。黃曾經不斷看書，是否要借助他人的智慧來理解自己的處境與尋回自己的方向？他從院舍搬回公屋後，把所有藏書丟掉，幾乎每天都情緒高漲地往街外跑，又是否因希望重燃，打算以行動作出改變？後來終究意識到改變無望因而失去生存意志，暴瘦再死掉？我們不得而知。

對大多數人而言，教育制度向來如此，收地發展也是理所當然。黃甚至受惠於各種制度：患病能夠接受治療，出院後有社工跟進；有公屋住有退休金有綜援。問題是：是否這樣便已足夠？制度帶來的美好，會否只為了令人接受現狀，對當下最重要的問題視若無睹？如果依舊感到不滿，覺得仍有更重要的

價值必須爭取持守，又是否純屬貪得無厭的奢求？作者最成功的地方，正在於以輕描淡寫的筆觸來呈現制度的日常，卻令人更能感受到當中難以抗逆的壓迫與暴力，體會主人翁絕望無力的悲涼。我們的社會當然也有不少好人好事，但黃的故事代表、象徵了那被現實擠壓到社會與生命邊緣、被人漠視的一群，他與他們同樣甚至更加反映真實，更加值得被了解和關心。

（原文刊登於《明報》世紀版。）

黯鬱的回應：商禽〈應〉

　　台灣作家楊照在《詩人的黃金存摺》中有一個很有趣的說法：他認為 1956 年至 1965 年是整個華文世界現代詩的黃金十年，而最頂尖的詩人全部集中在台灣。他的解釋是：當時的詩人——如周夢蝶、瘂弦、洛夫、商禽、鄭愁予等人，經歷抗日

戰爭、國共內戰、再身不由己逃難至台灣，離鄉別井，前路茫茫，
生活充滿不確定與惶恐不安，卻又受到政治壓迫與言論禁制，
有很多想說卻又不能明言。於是，在極度抑壓下唯有以各種晦
澀朦朧、象徵、魔幻與超現實的手法，透露內心的痛苦、焦慮
與絕望。我認為商禽 (1930 — 2010) 這首只有五句的短詩〈應〉
正好完美地體現了這個觀點。

用不著推窗而起
向冷冷的黑
拋出我長長的嘶喊

熄去室內的燈
應之以方方的黯

詩的題目是〈應〉──「回應」。「我」要回應甚麼？是窗外
「冷冷的黑」。「窗」暗示了房間，因而把場景劃分為室內與
室外。而「推」與「起」則暗示了房間裡有人──第三行交代的
「我」。詩給予我們的第一個印象是：「我」在房間裡，被窗外
的黑暗籠罩。

因為「黑」，所以「我」看不到窗外的任何景物，亦把握不
到邊界盡頭。對「我」而言，窗外的世界是無盡而莫測、沒有任
何明確的目標與方向。但同時，這虛空的漆黑卻又緊貼著窗，
包圍擠壓著「我」的房間。而且，這黑是「冷冷的」──冷淡、冷

漠、死寂、沒有絲毫溫暖、令人顫抖。面對這無邊黑暗的壓迫，房間中的「我」似乎很想把窗大力推開，對黑暗作出控訴，或至少宣洩內心的不安與不滿。然而詩的第一部分要說的卻是：根本「用不著」這樣回應。

為甚麼「用不著」？一個可能是：因為窗外的黑暗對「我」而言毫不重要，所以根本不用理會，不需要作出任何激烈的反應。但如果真的不重要，又何需刻意一開首便把「用不著」的回應方式寫出來？更合理的解釋似乎是：「我」強烈渴望推窗而起向黑暗長長嘶喊，但「我」知道在這無盡的黑暗下無論做甚麼、如何大聲咆哮控訴，也只會徒勞無功，無法作出任何改變、甚至可能招惹更大的麻煩與厄運，因此無奈地強行把這意慾抑壓下來。「用不著」，只因恐懼與絕望。

那「我」實際上如何回應？相對於推窗而起、長長嘶喊這些激烈行動，「我」只作出個最微小的動作：「熄去室內的燈」，令房間漆黑如窗外，從外面看來只剩下「方方的黯」——曾經明亮的房間的窗子的殘影。

詩就這樣完結，表面上看來沒有甚麼特別，但讓我們先仔細想想：整首詩究竟描繪了一個怎樣的畫面？開始時，其實只有無盡的黑暗：「推窗而起」、「長長的嘶喊」等舉動根本從沒發生，而我們甚至還未知道室內是否有光。光只是透過熄燈暗示曾經存在，在寫出來的剎那已成為過去。因此，最後剩下的，

亦只是無盡的黑暗——跟開始時完全一樣！通篇唯一稱得上可見的畫面，便是燈掣按下一切回復黑暗的瞬間、由窗框成的殘影。換句話說，整首詩根本沒有描寫房間內外的任何景象，對「我」亦沒有任何具體描述。基本上，詩人寫出的只是虛無：無盡漆黑，沒有聲音、味道、氣味，沒有溫度。

　　詩人厲害之處，正在於以「熄燈」把黑暗照亮，使本來虛空抽象的黑暗呈現出深度與重量，為死寂的黑暗賦予了生命。首先，熄燈暗示了曾經有光，而正是這光的殘影，令得那原本單調同質的漆黑一下子躍動起來。再者，熄燈是「我」的行動，是「我」面對無盡黑暗籠罩壓迫的回應，暗示了「我」的選擇與意圖。因此，跟初時室外的黑暗不同，這後來的完全黑暗其實是「我」基於某些原因刻意造成的結果。「我」沒有通過積極行動改變世界的黑暗——「我」依然在房裡、窗仍舊關上、室外依舊是冷冷的黑。「我」甚至沒有發聲對世界作出抗議、表達自己的不安、焦慮、憤怨和不滿。「我」只是沉默地輕輕一按，把僅存的一點亮光都滅掉。這就是「我」對黑暗的「應」：把自己的一切——情感、想法、表情、姿態——徹底隱藏，讓人完全無法從外部窺探。通過「熄燈」體現的抑制，我們能夠切實感受到漆黑暗藏的威脅加諸「我」身上的重壓。

　　更進一步，「熄燈」並非單純的逆來順受。雖然整首詩由頭至尾刻意呈現一片無邊漆黑，詩人卻巧妙地以種種否定性虛筆寫出「我」的抑壓與無奈。強調「用不著」，透露自己想推窗而

起長長嘶喊的強烈意圖；標榜窗的殘影，提醒讀者房間原來的光亮。「熄燈」沒有令人覺得是棄明投暗的屈服，反而是被強壓的無聲控訴，甚至是暫避其鋒下的養晦韜光。

〈應〉表面上只寫了一片漆黑，但卻以獨特的手法把不能明言的呈現出來。而這首詩的寫作本身，正正就是詩人在亂世中透露自己抑壓的思想情感的「熄燈」。糾結黯鬱如此，著實令人回味無窮。

（原文刊登於《火苗文人，人文專欄》。）

詩中的明月：顧城〈星月的來由〉

　　漆黑的夜，明月當空，繁星滿天，美麗而平凡。人能夠看到、欣賞之餘，還會追問、設想這星與月究竟從何而來。天文學家會基於物理定律與經驗證據，提出一套嚴謹的科學解說；詩人顧城（1956 — 1993）則發揮其天馬行空的心思，以一首短短的四行小詩〈星月的來由〉，為星月的由來提出一個別開生面、頗堪玩味的想像。

> 樹枝想去撕裂天空
> 但卻只戳了幾個微小的窟窿
> 它透出了天外的光亮
> 人們把它叫作月亮和星星。

　　對一般人來說，星與月是個別獨立地存在於虛空黑夜中的星體。加點文學想像的話，充其量也不過是成了高掛的玉盤、連串的珍珠、閃爍的鑽戒、靈動的眼睛、璀璨的彩燈……詩人卻推陳出新，巧妙地把虛實顛倒，將夜空視為一幅無邊的黑幕，而星月則是從夜幕上幾個大小不同的孔洞中透射的光芒。「星月為何出

現在夜空」這個問題，一下子扭轉成「夜幕為何給開了洞」。

夜幕上的洞從何而來？原來是樹枝弄出來的，因為它「想去撕裂天空」。當你晚上由下往上看一棵光禿的樹，樹不就正像一隻指爪瘦削、修長的手掌嗎？「想」表示樹枝不是單純自然或偶然指向天，而是刻意要向上伸延。不像狗或海豚那樣可以向上跳躍，樹被自己的根牢牢固定在地面，而偏偏它不只要觸碰夜空，還想要將它「撕裂」！要撕裂，當然是竭盡全力、使勁地抓向天空。

為甚麼要把天空撕裂呢？夜幕是漆黑的，撕開夜幕就是要撕破黑暗，攫取、釋放掩藏在背後的光明。在一般人眼中，天那麼高遠、那麼遙不可及，對區區樹枝而言，這已經不能算是崇高的理想，而是一個註定徒勞無功、根本不值得嘗試的痴心妄想！一個本來簡單、平凡不過的靜態場景──天空下有一棵樹，詩人只用了八個字，就把它寫成一個凝聚了極力向上與被牢牢束縛、理想與現實之間充滿動感、矛盾與張力的畫面。

那麼結果如何？樹枝拚盡全力也只能「戳了幾個微小的窟窿」。驟眼看來，相對於要「撕裂天空」的理想，著實微不足道。然而，從另一個角度來看，樹枝所作的，卻是把所有人皆認為不可能的化作可能！雖然未能真的撕破夜幕，但居然能弄出幾個小洞，讓天外的光亮透射而出。亮光雖然微小，卻耀眼亮麗，就算所有黑暗加起來，也絕不能把它們掩蓋。

它們更照亮夜幕籠罩下的一切，而人沐浴在這柔光之中，並給了它「月亮」和「星星」這美麗的名字，令「它們」成了被世人珍視的對象——雖然沒有人真正了解它們的真面目，也無人知曉樹枝曾作出的努力，但由於樹枝的竭力與不切實際，世間從此有了星和月，萬物在黑暗中獲得光明，得以彰顯呈現。

讓我們退一步來再問一次：樹枝為何要撕裂天空？它必然是對圍繞、局限自己的黑暗有所不滿。但它怎麼知道黑暗背後就是光明？一般人在漆黑中看不到任何東西，甚至意識不到或不介意自己困於如斯境況。樹枝卻能「看」透無邊黑暗、察覺背後的光明。或許，樹枝根本不肯定黑暗背後是否就是光明，只是單純不滿足於永遠停留在黑暗中，便要竭力把夜幕撕破。

這知其不可為而為的樹枝，不就是那些對現狀——可能是關於真理知識、藝術文學、甚至社會政治——的局限、蒙昧與絕望感到不滿、不安本分的天才與先驅嗎？他們為突破黑暗而殫精竭力，大部分根本連夜幕的邊沿也沾不上；偶爾出現些稍有作為的，最多也不過是戳出幾個微小的窟窿。但這一點一滴的成就微小卻耀眼，足以把光明帶到人間，把鬱壓的黑暗化成繁星閃爍的清夜。而顧城這首詩，本身就是星夜中的一輪皓月。

（原文刊登於《火苗文人，人文專欄》。）

不安的責任：林夕〈我的男朋友〉

人跟其他動物一樣，都會受到世界上發生的種種事情影響而感到快樂和痛苦，而總會自然地偏愛舒適快樂、逃避痛苦。但人跟禽獸不同，還會作出價值判斷：有些事情是好的，有些是壞的；如果是人的行動與心態，更會有所謂善惡與對錯。在作出價值判斷時，我們很多時都會從自己的個人利益出發，但人最獨特與可貴的地方，卻在於能夠客觀、平等地考慮自己與他人的利益，甚至考慮健康、溫飽以及享樂以外的價值（譬如道德與公義），構想一個理想——至少達到某個合理門檻——的世界。這種考慮不單是理性的計算，還有情感的面向。我們會關心自己、他人以及這個世界，希望一切都合乎理想；假使我們意識到世界未如理想、不似預期，我們便會感到不滿與不安，希望可以加以改善。

沒有人喜歡煩惱與痛苦。我們總希望自己與自己關心的人可以安居樂業，生活無憂。然而，是否所有的快樂都值得追求？是否心安便已足夠？林夕為達明一派所寫的〈我的男朋友〉正是要質問：在動盪不安的時代，我們是否應該滿足於一己安逸？

凡事也上心

像驚恐的跳豆

牽掛四周　憂慮永久　怎暢行宇宙

懷著這片心

壞死可要翻修

怎會放心　怎去散心　怎破除惡咒

　　歌詞從這樣一個情境出發：你身處一個充斥各種苦難問題、黑白顛倒、公義不張的社會。由於你關心這一切，因此所有社會上的大小事情都觸動牽扯你的心靈，令你感到不安、焦慮和恐懼。但你似乎暫時未能通過改變這個頹靡的世代來消除這些痛苦與煩惱，而持續的無力感已令這心厭倦疲累，漸趨壞死麻木。你要修復這顆懷關之心，便注定要繼續承受不安的煎熬。問題是：在如斯世代，一個人的心如何才能夠安靜下來？

　　願你安享以後

　　安葬當初無靈柩

　　沒有心肝聽說便長壽

　　若你將心放售

　　跟喪屍交上朋友

　　大概也可心安兼理得　早抖

　　唯一逃離這詛咒的方法，只有把心放棄：必須把那關懷別

人、追求理想、要求公義的初心深深掩埋安葬，甚至不用靈柩，免得留下痕跡。丟了心肝，人便不會再掛心世間的問題，不會再被憂患困擾而消磨生命，更不會因一時義憤付諸行動而招惹災禍，自然可以長壽。出賣良心換取個人私利，剩下沒有靈魂的肉身，也可以跟其他貪圖安逸的人成為同道，安心地享受以後的日子。

　　安心出口　再安心出走
　　若你我有心　安了沒有
　　安居　安穩　與安枕之間
　　像血氣隔衣袖

　　當你徹底把心安葬，從此事不關己，己不勞心，便能達至心安，便能舒適自由。你不再關心你的家園，只關心自己的幸福；不會再冒險為社會的問題發聲，喜歡的話亦可以輕鬆離開出走。放棄對他人福祉與社會公義的關懷，專注自己的生活，你可以在這動盪不安的世代樂業安居，安枕無憂。但人與人之間從此冷漠疏離，共處一地而沒有溫度。

　　安心出手　再安心出醜
　　病到已喪心　驚過沒有
　　安於不安　仍無愁無憂
　　願你我無內疚
　　別再浪費感受

心同時有判斷是非對錯、規範自己行為的能力。而人應該要戒慎恐懼，警惕自己不要犯錯。當你把良心泯滅，不單對他人的苦難與社會的不公無動於衷，甚至不會因自己為非作歹、助紂為虐而不安內疚。喪心病狂的人正是甚麼傷天害理的事也敢做，能夠毫不猶豫無所畏懼肆意橫行，不怕出醜不知羞。這種在不安時代無憂無愁安於一切的能力，正是由無恥所造就。

> 誰沒有本心
> 外出可要帶走
> 憂患誕生　安樂至死
> 天國上暢遊
> 能明哲保身
> 別傷春再悲秋
> 只要戒口　不要戒酒　心痛亦有救
>
> 願你出生那日
> 可以出家離塵垢
> 別理甚麼早已未存在理由

橫豎世界已淪落至毫無道理可言，何不把這本心埋葬，遠離世事、對問題視而不見，謹言慎行，不再為歷史時勢傷感悲嘆，既可以免除那些無用的不安，更有利保存自己的性命、維護自己的利益。也許還有些心的碎屑殘留，偶爾帶來一陣疼痛，那時用酒或其他娛樂來麻醉便可得救。

請不必費心

誰有權上方舟

請拋開戒心

誰貼近你身後

請不必費心

誰有日帶你走

請拋開戒心

若你樂意忍受

　　如果你真的樂意為了安心而忍受這一切，當然其他人也會這樣做——包括一直在你身邊的「我」。當所有人都為了自己心安而把心丟棄，每個人身邊就只剩下一些只關心自己的人。這意味著，當你有需要時其他人不會因為對你的處境感到不安而加以援手，甚至會在能夠通過加害你而得益時安心出手毫無保留。你無需費心誰能躲過這劫難，也不用警戒身邊誰會加害於你，因為只要每一個人都只關心自己，這個厄運便誰也不能逃避。

　　驟眼看來，追求心境平靜與安定，似乎不單是人之常情，而且合理。當一個人因過度強求物慾滿足、執著個人名利得失，把自己弄得心情忐忑、患得患失時，我們會認為他因小失大、本末倒置，因而應該放棄那些無止境的無謂追求，以回復平靜的心境。又或者，當某些人為了個人利益而偷呃拐騙、為非作歹，既受良心譴責，又害怕自己的惡行被人發現而受到制裁，惶惶不可

終日，我們會勸導他做人最緊要心安理得，不應為了私利違背公義良心。這些情況的安心是有意義、值得追求的。

然而，我們的不安與憂慮也可以源於我們的人性本質。如孟子所言，人與禽獸的一個根本差別，在於人的「不忍人之心」。這心是人獨有的能力，主要表現為四個不同面向：1) 不忍心苦難降臨於他人身上（「惻隱之心」）；2) 拒斥厭惡別人或自己（即使對自己有利）作出不恰當的事情（「羞惡之心」）；3) 關心自己或他人是否值得擁有某些事物（「辭讓之心」）；以及 4) 能夠區別以及重視是非對錯（「是非之心」）。這是只有人、並且只要是人便天生擁有能力，同時亦代表了人對自己作為人的人格尊嚴的自覺──只有人才能夠關心他人（甚至其他事物），分辨好壞對錯，並且擺脫個人好惡利害的考慮來反省評價自己的心態與行為。

因此，當我們因為關懷他人的苦難、不忿公義不張、世道衰亡，而感到憂患，本身正是人性的展現。這種自覺難免令人痛苦不安，但為了逃避這些痛苦而泯滅良心，正是因小失大、本末倒置：即使能保住了人的空殼，生活從此如在天堂般暢快安樂，對人而言卻是雖生猶死的淪落。〈我的男朋友〉尖銳的提醒我們：作為人，有些安穩我們不應該擁有，而有些不安痛苦我們有責任必須承受。

（原文刊登於《明報》世紀版。）

堅持的意義：馬奎斯《沒有人寫信給上校》

理想之為理想，正在於它與現實的距離。很多時追求理想的過程除了艱辛，便是等待。當現實不斷粉碎理想，等待看不見盡頭，追求是否還有意義？參加「火苗文學工作室」舉辦的加布列・賈西亞・馬奎斯 (Gabriel García Márquez，1927 — 2014)《沒有人寫信給上校》 (No One Writes to the Colonel) 讀書會，讓我重新思考堅持理想的意義。

故事由我看過最喜歡的一個小說開頭展開：

> 上校打開咖啡罐，發現裡頭只剩下一小匙咖啡粉。他把水壺從爐灶拿開，把半壺水倒到泥地上，再用匙羹把罐中的咖啡粉刮到水壺裡，直到最後那摻混著鐵鏽的一丁點。

簡單平白的兩句，便深刻地交代了上校的貧窮，而且滲透著咖啡的色、香、味，以及匙子一下一下刮在罐底的刺耳聲音與艱辛力度。

與大多數老一輩村民一樣，上校在當年哥倫比亞的內戰「千日戰爭」（1899 — 1902）中隸屬於自由黨的革命軍。雙方在1902年簽署尼爾蘭迪亞和約後，革命黨主要領導人都受到政府逼害，唯有與上校稱兄道弟的沙巴斯與村長合作，令政府順利把村莊收編，更逼走其他黨友、吞併他們的產業，成為當地富甲一方的權貴。

　　停戰沒有為國家帶來真正的和平。內戰結束之後五十多年，國內局勢依然動盪。總統、內閣不斷更替；而表面的平靜，亦只是政府橫暴打壓的假象。真正民主的選舉無望，也沒有自由──政府實施戒嚴宵禁，進行嚴厲的新聞審查，連電影也以道德名義被查禁。心繫革命理想的村民亦非乖乖就範：村內裁縫店是黨內同儕的聚腳點，不斷私下互傳消息；也發生過不少流血衝突──上校出席的喪禮，居然是多年來第一次的自然死亡，而他唯一的兒子，也是在鬥雞場派發秘密傳單時被警察打死的。

　　兒子死後，老上校與患病的妻子只能靠賒借與變賣家當度日。支撐著他們的是兩個希望──上校的退伍金與兒子留下來的鬥雞。內戰結束後，政府承諾會向革命軍軍官發放退伍金。但等到法令通過、上校通過資格審查、被排進名單，已經輾轉過了四十多年；之後等待政府寄來的領款通知信，一等又是15年。每個星期五到郵局查看信件然後失望而回、再期待下一個星期五的到來，已經成為了上校生活的骨幹，亦同時不斷消磨他的意志。除了星期五，上校等待的還有來年1月的鬥雞比賽。

兒子生前熱衷鬥雞，死後留下了一隻大家都看好的公雞。上校對牠悉心照料，期待牠在比賽勝出後可以賣得一個好價錢。

問題是，他們在 11 月已經山窮水盡。對於上校的退伍金，妻子早已不存希望，只是默默以各種方法維持生計與丈夫的尊嚴：為賣掉家裡的東西東奔西走；以不同碎布縫合新衣，卻細心地在領口與雙袖使用相同的布料，好使上校在穿上外套時不會被人察覺；甚至試過在爐子上煮石頭，以免鄰居發現他們已多天沒有開爐煮食。飼養那隻公雞本來也可以是不錯的投資，但當上校要拿他們的糧食——也不過是一把菜豆——來餵雞時，妻子終於忍無可忍，要上校立刻把公雞賣掉套現。對妻子而言，最重要的是可以過舒適而有體面的生活。把希望寄託在一筆杳無音訊的退伍金與一場勝負難料的鬥雞比賽，根本就是痴人說夢，對解決眼前的現實問題完全無濟於事。萬一公雞在比賽時輸了甚至死掉，更是血本無歸。因此，把公雞即時賣掉無疑是最理性的做法。

難道已經等了六十多年的上校，居然會不知道拿到退伍金的機會是多麼渺茫？但作者正是通過那無庸置疑的絕望，彰顯出上校的等待不是對金錢本身的貪戀，而是對信念的執著。對上校來說，退伍金並非只是維持生活的工具，更是他應得的權利，是政府對他的承諾。對於政府未有履行承諾，年老貧弱的上校當然也明白自己無可奈何。但他至少可以選擇拒絕放棄，繼續堅持等下去。

同樣，上校也並非不知道鬥雞的風險。他對賣雞的態度有點模稜兩可，反覆於賣與不賣之間。起初，養雞似乎不過是為了能在勝出比賽之後賣出獲利。當妻子抱怨時，上校又會說參賽是為了完成兒子的遺願——那已經不單純為了金錢利益。但當他第一次看到公雞在訓練賽中越戰越勇，然後把牠抱在手上時，他終於知道自己堅持的真義。鬥雞象徵為理想與公義而鬥爭。這理想不是屬於任何一個人——就如公雞並不是上校的私產，而是屬於大家的。為理想鬥爭要求我們拒絕與現實妥協，並且需要不斷付出，包括時間、金錢、享樂、甚至家人的幸福與自己的生命。這些犧牲不一定能夠——甚至很多時一定不能夠——換來相應的回報。在現實無情的打擊下，任何有理想的人也必須面對一個選擇：是否應該把理想賣掉來換取溫飽？規勸上校把公雞賣掉的沙巴斯，當初就是把革命理想賣掉來換取成功富裕的人生。

　　面對生活的壓迫，上校也曾下定決心要把公雞賣掉。但公雞在奮戰中迸發的光芒喚醒了他被現實摧殘消磨掉的初心，令他清楚明白重點不在於金錢私利，甚至不是勝負，而是戰鬥本身。覺悟了的上校，抱著公雞回家後向妻子表明無論如何都不會把公雞賣掉，必須讓牠參賽。當妻子憤怒而又合理地質問他在比賽前「我們要吃甚麼？」時，上校以最純粹、澄明、無所畏懼的心境，淡然卻震撼人心地說出了故事的最後一個字：「屎。」——簡單的一個字，卻堪稱小說史上最令人印象難忘的收結。

上校的處境逼使我們反思理想與抗爭之間的關係。像沙巴斯那一類人，參與革命活動只為個人利益；只要有利可圖，便會毫不猶豫地出賣「理想」與同儕。即使熱切投身革命的人，很多都只是把抗爭視為實現政治理想、甚至個人虛榮心的手段。但上校的態度似乎並非如此。作為自由黨人，上校追求自由與公義。最理想的情況，當然是公義實際上得以彰顯，人民的自由與權利能夠在現實的法律與制度中得到尊重和保障。假使這一切因遭受各種現實的阻撓而無法實現，是否便代表抗爭毫無意義、代表我們應該向現實低頭，退而埋首追求個人利益？

　　作為理想，自由與公義並非某種固定不變的個人或社會狀態，而是一種社會生活方式。除了政權體制的配合，當中最關鍵的要素，正是要在生活中對自由與公義有所要求：一個真正理想的自由與公義社會，要求每個成員都會要求自己重視自己與他人的自由，以及重視自己與他人——包括政府——的行動是否符合公義。換句話說，自覺爭取自由與公義，不只是在政治上建立能夠落實這些理念的社會環境的手段，更是構成理想生活的核心。因此，單單著眼於行動能否成功改變現實政治環境，並不足以衡量它們的價值。

　　讀書會上，有朋友指出故事寫的是上校在理想注定落空時也能無視絕望的勇敢，我卻認為作者表達了更深刻的想法：自由與公義最根本的敵人，並非外在的阻撓與宰制，而是行動者主動的妥協與屈從。政權的打壓，固然可以輕易剝奪人民具體

言行上的自由與權利。但只要不畏強權壓迫，以堅定的意志，
不斷思考各種可能的方式——哪怕只是拒絕遺忘——去為自由
與公義奮戰，卻必定能夠保守自由與公義的最後一點火苗。

（原文刊登於《明報》世紀版。）

逆境中的溫柔‧小克〈無名故事〉

二人女子組合 Robynn & Kendy 在 2020 年休團後，Kendy Suen 孫曉賢繼續發展她的個人歌唱事業，並且在 2021 年 10 月初推出她的概念專輯《無名序》。除了純音樂〈序〉與重新編曲翻唱的〈帝女花〉外，歌曲〈如斯〉、〈面目〉、〈心眼〉與〈白眉〉記下了一個面對時代遽然崩壞的人的覺醒、反思與委身，而作為專輯的壓軸，由小克填詞的〈無名故事〉更道出了經歷這一切之後的釋懷與感悟。

〈如斯〉先交代主人翁的覺醒。驀然驚覺一切如斯朽壞不堪、陌生，令「我」生起各種疑問與不忿。「我」害怕受傷，卻不容許自己委曲求全，矢志要作出改變。當「我」開始關心世界，便強烈意識到周遭的人時刻都戴著以各種謊言、歪理、閒話以及傲慢的教誨織造的面具，包裝、保護與抬高自己、甚至助紂為虐。〈面目〉對這個充斥著塞滿敗絮、披著人皮、戴上各式面具的人偶的虛偽世界作出尖銳控訴。

可是，單純憤恨與不甘於事無補。相對輕緩的〈心眼〉提醒我們要以心眼看清真相與問題核心。大街上人來人往，卻只有冷漠疏離、利用和鬥爭。人被沒完沒了的工作充塞，卻失去靈魂，在營營役役中把真正美麗而重要的事情都忘掉犧牲。唯有以心眼正視腐蝕人性的傷口，才能發現真正的美善，辨認出重生的出口。〈白眉〉寫出要在艱難世代中活出真我與創造價值的堅持。「我」不屑眾人追求物慾享樂逃避現實，他們卻覺得「我」

是自命清高的怪人。但「我」橫眉冷對這些誤解與鄙夷，依然故我地要在這荒漠中開出自己美麗的白眉花。

終於，來到〈無名故事〉：

難過的 小小故事
陳述不出深意義
難明的 少少暗示
描劃所知的一二

塵寰當中徘徊 人來又往
寂靜中勾起 一次碰撞 和漣漪
貪一趟 愛一放 竟花光

歌詞從「我」的個人感受出發。難過，因為「我」得不到或失去某些對「我」而言非常重要的東西。「我」自覺渺小，明白無論令「我」多麼難過，客觀而言，這失去也不過芸芸眾生中的一個小小故事，不可能有甚麼值得重視。但「我」又隱約察覺到，發生在「我」身上的事情似乎隱藏了某些「我」還未完全參透、更為深刻的意義。為了弄清背後的真意，「我」嘗試進一步反省，一點一滴把「我」的故事描劃出來。

為甚麼「我」會如此難過？生活在現代世界，每個人都感到自己的孤單。基於各種原因，「我」會與不同的人交往、分離。

當中大部分只是無關重要的擦身而過，也有不少各取所需的互相利用、或怨恨交纏的狹路相逢。而不論置身哪種關係，骨子裡「我」還是孤身一人。但「我」卻竟然碰到那獨特的一個，觸動「我」的心靈，打破了「我」孤獨時的寂靜，甚至令「我」為了貪得「她」／「他」而付出真誠，最後卻把自己花光淘空。在別人眼中，這不過表示「我」的世界少了一個人，只要另外找一個（或兩個）、或其他更有意義的事情來替代便好了。但對「我」而言，卻是整個世界崩潰。

> 讓我躲於　天邊一方
> 讓我終於　撕毀的心臟
> 讓故事　隨葉飄降
> 傷痕隨　風雨下葬
> 待轉生　回頭看

　　「我」難以承受這末日帶來的傷痛，只想遠離一切，躲到天的角落，然後讓這悲傷的故事連同心的碎片與纍纍傷痕，隨著風雨墮回大地，深埋地下，此生不再回看。這是沉溺傷痛中的「我」對自己傷痛的壓抑與逃避。

> 無名的　小小故事
> 重讀方知真了義
> 無明的　少少暗示
> 隨念生起的空義

無常當中徘徊　緣來又往
彌留中捉緊　一切往事　和回憶
再一看　手一放　竟心安

　　經過時間的沉澱，「我」和自己多了一點距離，當初的刻骨銘心成為了某人過去的故事。「我」開始明白，當時的撕心裂肺，其實是由於「我」把自己以及重視的東西看得太重要。當「我」從自己的觀點抽離，再重讀發生在身上的一切，才終於看清楚事實的真相——其實沒有所謂「我」。

　　首先，「我」只是世上其中一個人，本質上不會比任何人更重要。「我」沒有理由特別介懷發生在自己身上的事情，因為這些不過是世上眾多名字不同的人的故事之一。更重要的是，「我」明白到世事無常，沒有任何長存的事物，也沒有永恆不變的關係。尤其是，根本沒有一個持續存在、經歷這一切、由「我」的名字所代表的不變的「我」，有的只是一系列不斷變化的身體與心理狀態與過程，以及不同事件偶然交錯的組合——即佛家所說的「空」。

　　當「我」換了角度，心境隨即轉化，由停留在表象觀察——一個一個獨立、持續存在的個體的相遇——的「人來又往」，昇華至把握實相——各種偶發條件的聚聚散散——的「緣來又往」。「我」會因為失去所愛而悲慟難過，源於「我」以為有一

個長存不變、而且特別重要的自我，有可能永遠擁有那長存的對象，但這只是出於無明妄見。一切出現在「我」的世界中的人與物，本身亦無所謂重要不重要，它們的價值只是由「我」所賦予，只反映「我」的觀點的偏執。一旦想通，「我」對這些曾經執著難捨、令「我」痛不欲生的過去，便能釋懷放開，心亦不再混亂迷惘，得以安靜下來。

讓我躲於　天邊一方
讓我終於　撕毀的心臟
讓故事　隨葉飄降
傷痕隨　風雨下葬
便有光

讓我歸於　心死的光
讓我始於　生起的希望
讓故事　逾越虛妄
溫柔藏　三世十方
渡眾生　誰來看

相同的事件、相同的文字，所盛載的卻已截然不同。當「我」如實把握世界，不但從過去的困鎖解脫，更明白到自己的遭遇、苦痛、開悟與釋懷背後更深刻寬廣的意義。不論多麼聰慧的人，也不可能單憑一己之力就看透自己、洞悉世情。表面上，「我」的領悟是「我」獨自思考的結果；實情是，「我」必然

是受到前人或其他同代人類似經驗的啟發，才得以明白這一切。表面看來每個人都是獨立存在的孤獨個體，實質每個人都息息相關，直接或間接、自覺或不自覺地共同造就了每一個人，造就了眼前大家共同生活的世界。沒有人能夠獨力把握、決定、改變一切，但每個人的所作所為，都或多或少地影響著每一個人以及我們身處的世界。沒有人知道自己的一言一行，可以觸動多少身旁乃至百年以後、千里之外的人，以及那些受影響的人又會對世界與他人產生甚麼影響。因此，我們只能──也必須──從自己出發，為心中的美善與公義，以及所有可能受影響的人，認真作出選擇與堅持。

明白這一切的「我」，依舊躲於天邊一方，不過不再是為了逃避世界逃避自己，而是要避免自我中心；依舊讓自己的悲傷故事連同心的碎片與傷痕，隨著風雨墮回、埋進大地，但已經不再是為了否定自己的艱難辛酸、壓抑自己的傷痛，而是要把這一切化作滋養他人生命的土壤，孕育新的希望。「我」要把曾經發生在「我」身上的一切以及當中的得著，以「我」擅長的方式──一首歌、一篇詩、一幅畫、一齣影片──記錄下來，讓緣分把它帶到身處不同地方世代、有類似遭遇但困惑迷失、無助無力的人跟前，替他們發聲，讓他們可以借鑑。這是「我」的歷劫重生，也是渺小的「我」對有啟導之恩的前人的報答，對素昧平生但與「我」緊密相連的同代與未來的同儕的真切關懷。

是我的　卻非我
這小故　事

「我」的覺悟，並非因為「我」聰穎過人，而是由他人的故事
啟發所造就的可能。「我」沒有理由驕傲，倒是更了解自己的限
制和缺陷。因此，當「我」再看「我」正在繪製的那片有份構成未
來的拼圖，「我」不會誇大它的成就，但也不會輕視這小小一片
的價值，而會盡力把它弄好。這是一種抽離與投入、倔強與溫柔
的平衡。這當然是「我」的故事，但又不只是關於「我」；不是由
「我」一人獨創、亦不終結於「我」。

作為單曲，〈無名故事〉說的可能只是對某人的愛的落空，
但作為整張專輯的總結，內裡的覺悟卻關涉到我們應該如何面
對時代崩壞的無力與失落。宋代僧人釋心月不可能想到，他的
短詩〈出山相贊〉竟會令千百年後的某個人如此觸動，在她軟弱
迷惘時賦予她力量與方向，創作一張音樂專輯，把不同志同道
合的人連繫起來，令詞人小克填下這首觸動人心的歌詞。我深
信這片 Kendy 留下的拼圖，在揭開了她自己人生新一頁的同時，
也埋藏了溫柔他人的種子，對同時或異代的某個你有所啟發。

（原文刊登於《明報》世紀版。）

末世的出口：
〈末世情〉、〈末日快車〉與〈末世情書〉

本地樂隊 The Hertz 在 2022 年 10 月推出單曲〈末世情書〉，並與「貳叁書房」合辦了一系列活動，包括樂隊的 Acoustic Mini Live、插畫展、書展、哲學講座等。當中令我最感興奮的，卻是〈末世情書〉填詞人叉姐（何秀萍）的分享會。我唸中學時已經迷上達明一派，當中最喜歡的一首歌，正是由叉姐執筆的〈那個下午我在舊居燒信〉。2021 年居然在香港文學季開幕禮親手接過叉姐親手泡製的紅菜頭汁，還合照留念，已覺夢幻。今次盛會難得，為了好好準備，在分享會前一晚，我從層層疊疊的箱子裡，翻出達明一派的〈末世情〉以及 The Hertz 的〈末日快車〉與〈末世情書〉的歌詞反覆思量，看到了兩種不同的末世，卻有著相同的出口。

〈末世情〉是叉姐寫於八十年代後期的作品，說的不只是愛情，更是末世的情況。

繁忙路上　人面每張　一一觀察過　似一樣
難忘舊貌　常留在我心為曾深愛過　亦碎過心

斜陽漫漫　行人逐晚風　向四方散去　不再聚
回頭察覺　你那列快車　在旁邊遠去　沒法再追

霓虹漸亮　全沒理想　趁這一刹那　且快活
浮華世界　惶惶是我心　從來不答應　誓約永守

來日也許重逢　誰又會跟著誰　可永遠相聚
明白美景良辰　原是似煙像雲　終散去
末了總要相分　末了總要相分

　　下班時段的黃昏，繁忙路上如鯽的行人，一式一樣的冷漠臉
龐，匆匆擦身交錯，散落四方。在急促的生活中，各人只是沉溺
於工作與享樂。曾經存在與擁有過的轉眼便脫離現在，人對將來
亦沒有任何期待。明白無論多美好的也終將消散，因而對於經營
長久關係或投身遠大理想皆興趣缺缺，只顧把握眼前每一刹那轉
瞬即逝的快感。這是一個雖然沒有任何具體痛苦與災難，生活卻
失去意義和方向的末世，在一片令人沉醉的繁榮安定與醉人歡樂
中，瀰漫著疏離、虛空與失落的荒涼。

　　三十多年後，由 The Hertz 的鍵琴手許崇謙填詞的〈末日快
車〉，卻描繪出另一種截然不同的末世景觀。

飄呀飄呀飄　遠去荒謬
心叫囂叫囂　迷失氣絕　悔疚
沿路山丘　陌生依舊　無問知否　愚笨的走

沉醉謊話　霧霾裡選擇
風說　曾經　能講　能聽
風向　變幻　我未　信命
誰說安定　在塗炭生命
遮蓋　雲邊　藍天　藍天
飄散　狼煙　難咽　難咽

飄呀飄呀飄　再見醜陋
飛快點快點　離開故地詛咒
尋覓方舟　聽風左右　無夢之秋　誰願佔有

　　那是浩劫降臨的日子：原來的世界在剎那間被狂暴地摧毀，
四起的烽煙遮蔽了美麗藍天。這令人把某些事實看透，同時又感
到一切變得陌生難辨。面對這突如其來的生死關頭，置身烽煙迷
霧裡的人惶惶不知所措，根本無暇辨清方向、確認該走的路，有
的只是一個念頭：必須盡快離開這裡，不管哪裡只要有路便走，
不可以一刻逗留。歷劫逼使我們反省：過去是否真的跟我們認為
一樣美好？我們曾經珍視、以為擁有的一切會否只屬子虛烏有？
所謂「安定」又是否只是磨蝕生命的麻藥、幽禁夢想的籠牢？如
果現實就是這樣不堪與殘酷，我又是否應該接受？這一口氣我能

否咽得下、應否咽下肚？但這壓倒一切的力量是如斯巨大，即使不想接受我又能夠如何？明日之後，應該索性從此遠走、還是繼續留守？在這被逼覺醒的末日，我只能帶著種種疑惑與不甘慌張地逃離現場，既感無力又不知應往哪個方向走。

〈末世情書〉則是末日過後思緒沉澱下來後的回應。末日跟末世不同：末日是世界崩壞的一刻，末世則是末日後的時代與世界。末日過後，世界還在，卻已滿目瘡痍，我們如何是好？

> 遠雷移近　穿透了垣牆
> 關窗　看下雨
> 雨來如網　覆蓋著市鎮
> 開燈　看清遠近
> 筆尖　與紙接吻
> 你來　我在　一起
> 以筆記載

「我」聽到雷聲自遠而近，看到雨水織成的天羅覆蓋這城鎮，清楚意識到災劫降臨。「我」無力制止雷雨，但是否代表甚麼都幹不了？首先不要忘記，作為人，我們都有一盞微小但寶貴的燈，即心靈中使我們能夠從一切──包括自己──抽離的理性思維能力。「我」能夠把自己從所在的處境拉開，與這個混亂的世界分隔開來，把雷雨暫時關在心房之外，使自己免於慌亂，冷靜地思考、看清現實，再決定如何自處：「我」要寫信給「你」。

筆尖與信紙本身只是冰冷的物件，但當「我」寫信給「你」時便賦予了它們生命與情感，因為「我」把「你」放到一個特別的位置。「我」需要寫信給「你」，一方面當然因為「你」已離開，但更重要的是「我」重視「你」、以及「你」跟「我」的關係。通過寫信給遠方的「你」，「你」跟「我」同時出現在信紙上，而「我」亦把「你」帶回到「我」的世界，跟「你」重新連繫。這末世情書中，盛載的也不是浪漫愛情，而是對同伴的關懷與愛。

　　遠雲浮過山嶺照斜陽
　　天色　這樣暖
　　旅程尋探　偏遠舊市鎮
　　相機　照光與暗
　　筆觸　記低腳印　我來　你在　牽手
　　再走過去

　　曾經的路途　盛放百種花
　　曾經的殊途　猶疑　虛怯　退下
　　這風光變遷　要多些相見　倘不相見
　　唱首歌　給你聽見

　　究竟是甚麼使「我」跟「你」成為同伴？又有甚麼值得「我們」去努力維繫？就是當初把「我們」連在一起的初心素願，以及曾經共同渡過的甘苦歲月。「我」要藉著書信記錄與喚回大家對這個現已不再同樣的城鎮的記憶，令大家回想起曾一起經歷如花

般的各種美好，以及面對末日時在慌亂惶惑下，基於種種原因與考慮的分道揚鑣。如今風光不在，「我」跟「你」反而更加需要保持連繫，即使無法碰面相見，也要想方設法——譬如寫封信或唱首歌——把心聲傳遞給對方知曉。

> 我們來看 街角那閂牆
> 即將 永別了
> 我仍迷信 這裡是永遠
> 怎麼 變得了心
> 怎麼 已失去了
> 面前 你在
> 歡喜卻不折不扣

現實的劫難難以力抗，但「我」卻執迷地堅信大家的初心不會變改；只要這初心仍在，這個地方便還有希望。而不管「你」在哪兒，只要「你」仍在「我」的世界之內，「我」的生活便有值得高興的地方，「我」便有力量撐下去。在關懷「你」的同時，「我」不再是孤身一人，亦因而找回了活在末世最重要的力量。

> 記憶不過 筆記留情 人時地
> 很多經過 不見了 只得一堆碎片
> 有人忘記了
> 你能忘記了吧

曾經的路途 盛放百種花
曾經的殊途 猶疑 虛怯 退下
這風光變遷 素願決不變
曾經的事情 唱首歌不會掃興
曾經的事情 有些歌一再細聽
曾經的事情 放心中可更雋永

　　這正是對〈末日快車〉中的無力迷惘、同時也可以是對〈末世情〉中的冷漠疏離的回應。末世是一種沒有意義與希望的狀態：時間持續不斷，生活其中的人卻沒有未來。要在末世好好活著、甚至要改變這個淪落了的世界，每一個「我」可以、應該、亦只能從自己能夠控制的範圍著手：保存初衷，拒絕遺忘事實與真相，然後主動與跟自己分享共同想法、價值與經歷的每一個「你」以各種不同的方式建立與保持連繫，盡力互相扶持，成為更有力量的「我們」，並為生活尋回溫度。通過對過去的肯定把大家連結起來，既成就了現在的價值和意義，亦為未來再次帶來希望，消減末世的荒涼與無助。

　　在「貳叁書房」的 Acoustic Mini Live 中，除了〈末世情書〉，The Hertz 也翻唱了〈The End of the World〉，兩首歌正好構成了有趣的對比。〈The End of the World〉說的是：即使世間的一切美好如常，但對我而言，只要失去所愛，便是末日。〈末世情書〉則提醒我們：只要大家能夠保持初心，謹記共同經歷過的種種，寫下與寄出自己的關懷與心意，以愛互相扶持，縱使未能一下

子修復好這崩壞的世界，至少可以產生一股溫柔的力量，讓我
們堅持下去，活出意義和希望。

（原文曾以〈走出荒涼與無力：何秀萍的〈末世情〉與〈末世情書〉〉為題刊
登於《明報》世紀版。）

烏托邦與現實的糾結：西西〈桃花塢〉

為紀念在 2022 年 12 月離世的本地作家西西（1937—2022），「火苗文學工作室」舉辦了一次讀書會，選讀了她的〈仿物〉與〈桃花塢〉。我在讀書會前只是匆匆把文章看了一遍，當時只覺普普通通沒有甚麼好說，心想大概半小時左右應該可以去食下午茶。怎料在十多位參加者你一言我一語下，居然談了將近三個半小時！特別是〈桃花塢〉，初看只以為是以陶淵明的〈桃花源記〉為藍本的戲謔式續寫，在討論過程中卻發掘出很多先前未有留意的細節，令我重新反思理想與現實的關係。

〈桃花塢〉的故事發生在一個科技先進、卻同時充斥各種問題的未來。一部電腦就能為人打點處理一切生活所需，人卻變得難以離開電腦生存。醫療技術令人可以輕易替換有問題的器官，甚至一切曾被視為絕症的疾病也可藥到病除，但大概也是這些技術製造出某種病毒，導致三分一人染病，五分一人死去。交通技術發達得可以讓人穿梭星際，然而很多人卻是由於地球已不適合生活，才逼於無奈為了尋找新家園而在太空浪蕩漂泊。留下來的人大部分時間只能困於室內，必須外出時要佩戴全副防毒裝備。生產力提升令糧食不再是問題，但吃的卻是以科技催生、甚至人工合成的食物。疫情爆發之後，能吃的大半只剩下添加了各種人口味、足以飽肚的維他命丸。電腦提供了各種資訊與娛樂，但人卻只能在嚴重的污染與疫情下隔絕疏離地生活下去。

主角「我」選擇寄情過去，以觀看中國歷史與中國文學度日。眼前的現實如斯，不難理解「我」為何會被花花——為「我」打點一切、甚至是「我」良師益友的電腦——推介的「晉人的『烏托邦』」所吸引。花花虛擬出相關場景，讓「我」親臨桃花塢這個「歷史現場」，與一眾村民交往互動。甫一抵塢，「我」便被久違了、只存在於記憶中的溪澗流水、滿山桃花，與甜美清新的空氣所牽動。那裡的一切就如陶淵明的〈桃花源記〉所描述一般：村民因要逃避戰亂而輾轉進入這隔絕之地；落地生根之後，大家彼此尊重，互相幫助，建立了一個與世無爭、自由（沒有暴

政與嚴苛法律）、平等（沒有階級支配）、甚至民主（村長是由大家推舉的義工）的社會。對「我」而言，這應該算是一種夢寐以求的理想生活吧！

然而，作者並非志在鼓吹一種廉價的懷舊復古主義，反而一開始便巧妙地為這個世外桃源埋下種種隱憂。「我」在中午時份遇到兩個從田裡來的村民，知道他們由於土地肥沃，加上改良了後山的山坡，令得糧食充裕，不再需要日出而作日入而息，改為上下午班制，每人只需下田半天就可以下班，幹自己想幹的事情。雖然沒有時鐘，他們也懂得用「日晷」計算時間。村人身上都掛了各種工具，方便隨時取用。一個有眼疾的老人家跟「我」傾談時，發現並試戴了「我」的眼鏡，覺得很羨慕，還說「有這工具好極了」。人總希望改善自己的生活，而工具與技術的發明與運用，正是為了令生活更加舒適方便，並且免卻因各種疾病帶來的痛苦煎熬，以及糧食、土地與其他資源不足造成的紛爭。這一切本身當然都很合理，然而正是這種以工具技術改善生活的要求，最終導致「我」的世界不再適合人類生活。

另一方面，村長亦隱晦地提到村裡某些「隱憂」。後來我們知道，這隱憂來自村裡的年輕人。村長那十六、七歲的兒子請求「我」走的時候帶他到外面，因為他想看看那是怎樣的世界。「我」當然會覺得村長的兒子是身在福中不知福，但兒子卻按捺不住他的好奇。村長那一輩的人為避戰亂而來，當然覺得這裡是理想樂土。然而，對於在桃花塢出生的年輕人，「我」無比嚮

往的新鮮空氣、清澈河水、自由平等、以及寧靜和平的生活，不過是理所當然的現實，根本不值一提。反而，「我」所談及的一切未來科技，甚至一副平凡不過的眼鏡，對他們而言卻是新奇刺激、萬分誘人。桃花塢是「我」心目中的烏托邦，但對「我」而言惡劣不堪的現實世界反而成為了桃花塢人嚮往的國度。

一般反烏托邦小說，通常強調某種特定形態的理想社會必須通過恐怖壓迫的手段、扭曲人性、犧牲個人自由與平等才能達至。〈桃花塢〉卻表達了一種不同的想法。「桃花塢」本來就是子虛烏有，整個環境、內裡的人物以及他們的表現與反應，不過是電腦花花以古代文人的想像作為藍本，再根據它龐大的資料數據計算虛擬出來。所謂「身臨其境」，亦不過是意識旅行。作為理想世界，它撇開一切實現的困難與代價——沒有恐怖手段與極權壓迫，電腦沒有覺醒失控成為支配人類的主人，只是任由想像力馳騁，盡可能包含一切理想的元素：足夠應付生存所需的物資，自由平靜的生活，平等、民主、沒有壓迫、歧視與紛爭的社會，甚至沒有任何不必要的貪慾與嫉妒，只有合理的基本需要。然而，桃花塢中的隱憂卻正顯示出，作為某種終極形態的理想社會，「烏托邦」最大問題不在於它不能實現或實現的代價太大，而是根本不存在任何對人而言永遠有效的終極理想。

人擁有一種非常獨特的能力，就是能夠抽離自己的主觀觀點，從一個較客觀的觀點去審視自己。這種能力使人可以與他

的現實生活建立距離，想像不同的可能生活方式，從而發現現實世界的問題與不足，推動人去追求更理想的生活。當理想成為了現實，人的抽離反省能力便自然會以當下這個新的現實為對象，審視它的問題與不足，再去構想另一個更好的世界。

問題是，根本不可能有完美的終極理想。所謂理想生活，往往只是我們針對特定現實問題構想出來的生活形態，而要實現任何生活形態都總是要付出相應的代價。當某個理想一旦化為現實，原本努力追求的東西便會因變得理所當然而失去吸引力，而隱含的問題與不足之處亦會隨之彰顯。於是，身處其中的人又會因應這些新的問題與不足構想出另一形態的理想世界。平淡久了，人便會感到沉悶而追求刺激；到緊張刺激慣了，又會反過來嚮往恬淡閒適。

由於我們總可能對現實的狀況加以反省，發現其中的問題，設想更好的社會形態，因此，不管你如何設想，也不存在任何「烏托邦」。不過，雖然人不應永無止境地追求理想，但同時亦不應盲目地滿足於實際上千瘡百孔的現實。如何知其所止，取得合理平衡，才是問題的關鍵。

（原文刊登於《明報》世紀版。）

輯四：回頭細味人生

回憶的堆疊與消逝：

何秀萍〈那個下午我在舊居燒信〉

　　由小學五、六年級開始，我會主動去找喜歡的音樂來聽。初時只聽英文歌，認為這樣才夠「型」——直至達明一派出現。當時覺得劉以達的曲、黃耀明的唱跟陳少琪的詞是無可替代的絕配。後來陳少琪淡出，接手的周耀輝居然又帶來一番不一樣的驚艷。但一直以來我的至愛，始終都是叉姐（何秀萍）第一首為達明一派填寫、收錄在大碟《我等著你回來》的〈那個下午我在舊居燒信〉。

　　印象中，那時很少歌名是這樣長的（還要是一個完整句子！），因此一開始便吸引了我的注意。名字直白如此，卻輕滲著悠悠詩意，而且很有畫面——事實上，到現在我還是主觀地覺得《我等著你回來》的大碟封面所表現的，就是詞中燒信的情景。詞的主題清晰，就是寫那個「我」在舊居燒信的下午。

從頭重認束束書信
從頭重認這「你」字
從層層疊疊的箱子裡
從從來沒細認面前
即倒的故居

　　重返曾經居住的地方，「我」找出遺留在這裡的書信。信之為信，因為信箋上寫了承載情感與思念的文字。信很多，放滿在堆積如山的箱子中，而且很好地一束一束整理保存起來，可見「你」對「我」的情感如何深切厚重，而「我」對「你」又是何等珍視。

　　然而，這一切情感思念其實早已深埋塵封：盛載「你」「我」過去的文字已被收束細紮起來，藏進堆疊起來的箱子，再鎖於「我」不再留駐生活的屋子裡。「我」已有一段時間沒有來訪，因此重看那代表自己的「你」字，亦已感到陌生，需要重頭辨識。既成了故居，當然已不再熟悉；但回想才發現，就算在生活其中的日子，自己也不曾認真留意。

從頭重拾身邊瑣碎
從頭重拾某印象
從重重疊疊的光影裡
從從來沒有兩樣
那花香的記憶

但「我」回來不是要懷緬過去，而是要通過面對它來把它放下；並非要把信收回，而是要將它們燒掉成灰。「我」把一封封記錄了「你」「我」舊時的信緩緩放進火裡，卻從那搖晃不定的火光，以及跟當時同樣美好的回憶裡，把一段段零碎印象重拾回來。

> 茫茫如水一般日子淌過
> 如風的呼吸記憶於我
> 面對舊時
> 聽往日聲音
>
> 如水一般日子淌過
> 如風的呼吸記憶於我
> 面對舊時
> 看歲月燃燒

面對浴火的書信，「我」看見的是歲月消散前的迴光，聽到的是煙滅中的舊日的細碎噼啪。過去的日子已經如流水般淌漾過去不可追回，但關於它們的記憶，卻反而因眼前燃燒的書信再度如風的呼吸輕輕翻起，轉瞬即逝卻更熾熱亮麗。三言兩語，便輕描淡寫出「我」重臨久違故居、欲放下卻又同時重新憶記過去的微妙情緒。

歌詞的形式結構亦是精彩。基本上四段歌詞都是倒裝結構：

第一段的意思是「從故居裡的箱子中的書信內的文字去辨認當中的情懷」，寫的順序卻是：書信→「你」字→箱子→故居。下一段則是寫「從記憶跟光影中去回憶當年的零碎印象」，而寫的順序則是：瑣碎→印象→光影跟記憶。最後，副歌說的是「看著聽著書信焚燒來面對舊時，而回憶起逝去的日子」，寫出來又成了：日子→記憶→面對舊時→看／聽著書信燃燒。如此安排產生了一種內斂的曲折，巧妙體現了當中幽微婉轉的情感。

詞人亦在第一及第二段中活用了「從」一字多義的歧義特質，既指時間（每段頭兩句的「從頭」），亦指空間（從箱子、故居），甚至更為抽象的光影跟記憶，重複得來並不單調累贅；加上第一段的「層層疊疊」跟第二段的「重重疊疊」，無論在視覺還是聽覺上，均成功營造出重複堆疊的感觀印象，巧妙呈現出「我」跟「你」的過去、「我」燒信時對那段過去的回憶，甚至「我」寫或唱出歌詞時對燒信那個下午──包括當日的回憶──的回憶，那如重疊光影般無形虛淡，卻又如斯實在的錯綜雜沓。

更精彩的卻是詞人恰到好處的淺描淡抹。整首詞沒有任何描寫色彩的字眼，營造出淡如水墨的畫面，令那現實的當下顯得虛空透明。唯一較明確的色彩，就是「燃燒」所暗示的虛晃不定的火紅，卻是凝聚於不斷消逝的過去。其次，整首詞亦沒有直接交代任何實質活動。歌詞中的動詞包括：第一段的「認」（「重認」與「細認」），第二段的「重拾」，以及副歌中的「淌過」、「記憶」、「面對」、「聽」、「看」、跟「燃燒」。當中沒有任何

具體的身體活動，絕大部分都是指涉感知或其他心理狀態。「重拾」可以同時指把書信拾起，但在詞中主要是指記憶。動感最強烈的要算「淌過」跟「燃燒」，但它們說的甚至不是真正的水跟火，而是已不存在的日子跟歲月。唯一的行動——燒信——則不見於歌詞而只出現在歌名。然而，歌詞卻絲毫沒有予人死靜呆板的感覺。交代心理狀態的詞彙顯示「我」不斷感受、回憶跟思考。「即倒」的故居既暗示這保存過去的堡壘也快要崩塌，同時為整個平穩的畫面帶來傾斜與張力。歌名提示的燒信、火光的搖曳，想像中翻閱與焚燒信件的聲音，亦為大體上寧靜與靜止的畫面添上淡如其分的躍動與生氣。

表面上，這份歌詞只是以白描的方式勾勒出那個下午「我」在舊居燒信的情境，實質上，詞人卻是透過不著痕跡的遣詞用字、文句安排以及意象，不單詩意地捕捉了「我」把深埋的過去逐層解封，重新面對然後放下的微妙心境，並且以最輕淡的筆觸，呈現出不再存在的過去的交錯與厚重。

（原文刊登於《明報》世紀版。）

失眠的解放：楊喚〈失眠夜〉

一天工作過後，人本應需要好好睡一覺，才有足夠的精神與體力應付新一天的工作。因此，失眠給人的即時印象是苦不堪言。然而詩人楊喚（1930 — 1954）在他的作品〈失眠夜〉中，卻寫出對失眠的獨特體會。

> 今晚，又一次
> 我免於被封鎖進痛苦的睡眠，
> 在沒有燈的屋子裡，
> 自己照亮自己。於是
> 紙煙乃如一枝枝的粉筆，
> 在夜的黑板上，
> 我默默地寫著
> 人生的問題與答案，
> 美麗的童話和詩句。

「失眠」是應該睡覺的時候無法入睡的狀態，總帶點負面意

義，因為失眠的人大多身心疲累，渴望入睡卻無法自控地保持清醒；清醒令他意識到自己想睡而睡不著，以及時間不斷流逝，因而更焦急地要趕緊睡著，卻反而因此更加清醒，進入痛苦的惡性循環。

然而，詩人卻正面地把失眠說成是「免於被封鎖進痛苦的睡眠」。驟眼看來與常理相悖，然而稍加細想，卻不無道理。通常人都是在疲憊不堪的情況下不由自主地入睡，而一旦睡著了，便不能通過自己選擇清醒過來。換句話說，睡眠就如監獄籠牢，而「入睡」根本就不是如字面暗示那樣的自主行動，反倒更像是被人囚進牢籠，不能自由地離開。因此，失眠反而令詩人可以擺脫睡眠的枷鎖，獲得某種特別的解放。

更奇怪的是，對詩人而言，睡眠是痛苦而非舒適愉快的經驗。為何睡眠會是痛苦的？詩人沒有明白交代。一個很容易叫人聯想到的可能性是：詩人一入睡便會被夢魘纏擾。根據這種解釋，痛苦來自於入睡後夢境的內容，而詩人則慶幸自己可以因失眠而不用面對惡夢裡的可怕世界。然而，我們看下去便明白事實並非如此。

在「免於被封鎖進痛苦的睡眠」後，詩人「在沒有燈的屋子裡／自己照亮自己。」一般失眠的人如果怎樣也睡不著，可能會索性起床上上網或繼續工作。「沒有燈」，表示詩人雖然樂於在這夜深時份保持清醒，卻並不打算利用這意外得來的時間做

甚麼，而只是留在漆黑的屋子裡。問題是：既然沒有燈，又如何能夠「自己照亮自己」？從「紙煙」一詞我們知道房間並非絕對漆黑，可是這煙的星火本身卻明顯不足以照亮任何東西。究竟這「照亮自己」是甚麼意思？

「照亮」就是用光來以把事物的性格特質彰顯呈現。燈能夠給予的也只是外在於「自己」的光，至多能夠顯現我的外表與輪廓。詩人在這個時候抽煙，是為了更加集中精神去思想。所謂「照亮自己」，是指詩人利用這失眠的夜晚，燃起紙煙，進入自己的內心，面對、反思、細察自己的人生，釋放自己的想像，使自己的真我能夠呈現出來。他抽著一支又一支煙，內心不斷思索，思緒隨著白煙氤氳湧現腦海，提出一個又一個關於人生的問題與答案、創造出「美麗的童話和詩句」。

換句話說，這「照亮自己」的光其實就是詩人的思想：這是來自詩人自身的光，能夠把自己的真我照得澄明，彰顯釐清自己人生的意義與價值。紙煙不單只外表看似白色的粉筆，其燃燒產生的白煙，更彷如體現詩人想法的文字與符號，在黑夜中隨著詩人思緒遊走的絲絲筆跡，不斷冒出又隨即消散。詩人巧妙地把內在心境與外部環境、心理思考活動與抽煙的身體行動天衣無縫地結合起來。

至此我們終於明白，對詩人來說，睡眠的痛苦並非來自入睡後夢境的內容，而是在於無意識的沉睡狀態本身。日間，人

總是要為了應付日常社交生活、甚至只是基本生存需要而營營役役；到了晚上終於可以——如果可以——暫時放下工作與繁瑣的生活細節，身心也早已疲累不堪，不能抗拒地被扯進、囚禁於睡眠中，直至新一天的工作生活再度展開，周而復始。當一個人被生存、工作或其他雜務壓榨得連思考人生、讓思想馳騁翱翔的時間也沒有，生活就只剩下一連串沒有意義的機械行為。而人的痛苦，正在於意識到自己的這種處境卻又無能為力。

　　對一般人而言，要擺脫這種痛苦意識，最便捷的路徑便是令自己對本身的處境變得麻木，遺忘對反省自身、尋找與表現真我的需要，盡量減少思考的時間——尤其是一天工作暫停之後。睡眠正可以讓人逃避思考與維持慣性生活，而失眠之苦，

正在於逼使人在漆黑一片、萬籟俱寂、一切感官刺激寂滅之時，面對與思考自己人生的本末倒置、空洞與虛偽。

詩人也是凡人，平日當也不能避免那日與夜的輪迴。然而，他卻保留了對自覺的肯定、真我與意義的渴求。故此，他會為了無法迴避睡眠而感到痛苦，而對今晚再出現的失眠不單不加抗拒，還格外珍惜與享受這難得的清醒。當大部份人在光天化日下生活得模糊虛妄，詩人的真我卻在這失眠之夜隨著煙火的明滅得到解放。

（原文刊登於《火苗文人，人文專欄》。）

始終的寂寞：戴望舒〈白蝴蝶〉

對我而言，最好的詩總是表面簡單卻耐人尋味，就好像戴望舒（1905 — 1950）的〈白蝴蝶〉。

> 給甚麼智慧給我，
> 小小的白蝴蝶，
> 翻開了空白之頁，
> 合上了空白之頁？
> 翻開的書頁：
> 寂寞：
> 合上的書頁：
> 寂寞。

詩的畫面非常簡單：一隻「小小的白蝴蝶」飛到「我」面前，白色的翅膀打開又合上。本來平凡不過的事情，卻引起「我」的注意與思考。蝴蝶為甚麼會飛來？牠的兩片翅膀打開再合上，不就好像一本自動開合的書一般麼？書總是就著某些主題告訴

我們一些東西：封面上的書名揭示主題，書中的影像文字則對主題加以解釋和說明。這蝴蝶是一本怎樣的書？帶來了甚麼信息？有趣的是，這是一隻白蝴蝶，所以這書不論封面還是內頁，既沒有片言隻字，也沒有圖畫相片，只是空白一片，根本沒有任何內容和意義。

對著這「空白的頁」，「我」不單沒有改變原先的想法，反而著眼於白蝴蝶翅膀的開合：牠必定有重要的東西要告訴我，不然為甚麼要專誠飛到我面前，把空白的頁翻開又合上？空白的頁自然不可能給予「我」關於世界的知識，卻可以帶給「我」智慧，向「我」揭示宇宙人生的真理和奧秘。智慧跟知識不同。知識是關於世上不同事物——包括人、甚至認知者自己——的性質、結構、運作模式與規律的資訊；而智慧則是對於宇宙人生的洞見，通常是通過生活體驗獲得，並且對個人生活的方向有所啟示。對「我」而言，這一片空白本身正是蝴蝶要傳遞給「我」的智慧！

這是甚麼智慧？書本身只是一疊空白的紙，要靠其他東西——文字與圖畫來給予它內容和意義。人生豈不亦是如此：開始時沒有特定的主題或內容，一切意義都需要後來由其他人、物和事來填補，而當人生走到盡頭，無論曾經多精彩的內容都會消失，只剩下本來的空白。由生命之書翻開起始至合上終結，終究都只得自己一人，任何其他在我生命中出現同行過的人，都只不過是和我偶然擦身交錯的過客。蝴蝶蒼白翅膀的開合，

正好像要告訴「我」：人生本質就是如斯寂寞。

　　白蝴蝶只是湊巧經過，卻讓寂寞的「我」看清人生的寂寞。

（原文刊登於《火苗文人，人文專欄》。）

淺白的深沉：李商隱〈登樂遊原〉

經常碰見不等於熟悉，更不保證理解。很多我們從小便倒背如流的古典詩詞，往往令人有種「不外如是」的錯覺，反而成為欣賞的阻礙——譬如唐代詩人李商隱（813—858）的〈登樂遊原〉。

> 向晚意不適，
> 驅車登古原。
> 夕陽無限好，
> 只是近黃昏。

這首五言絕詩沒有任何艱澀字彙，不用懂得文言文也能把握其基本意思：有一個人在日之將盡、夜之將臨的向晚時份感到心情不佳，於是決定驅車登上樂遊原；到達之時感到眼前夕陽無限美好，但同時又慨嘆這美景即將隨夜幕降臨而消逝。然而只有反覆推敲思量，才能真切體會詩中蘊含的力量。

「向晚」是過渡的時份，雖然還是日間，但已步向夜晚。「意不適」三字帶出詩中人物，但又即時留下懸念：他為何不適？

詩人不直接交代自己的心情，卻以其引發的行動來加以暗示。「驅車」表示他的焦急——因為已然向晚，要趕緊在入夜之前登上「古原」，即樂遊原。樂遊原位於長安西南，地勢較高，可以眺望整個長安城，秦漢時代已深受遊人鍾愛，至唐代更成了旅遊勝地。驅車登上樂遊原，自然是要趕在入黑前一覽首都長安景致。

幸運地，詩人真的趕上了，眼前風光亦沒有令他失望：「夕陽無限好」。「夕陽」可以指正在西沉的落日本身，更可以指夕陽映照下的整個長安城、甚至夕照所顯現的世間一切。「好」泛指一切正面價值，包含但不只是美——繁榮、和諧、快樂。「無限」既指質——不同種類的事物不同類型的好，亦可指量——每樣事物都美好得無窮無盡，也可以指空間——夕陽照遍日間可見的整個範圍。在樂遊原上、美麗的落日晚霞映照下，整個長安城中各式各樣的人、物和事，乃至夕照所及的一切，盡皆彰顯出無數不同、每種都是無限美好的價值。

一切看來都那麼美好，但無限美好並非真實，因為時間：「只是近黃昏」。「黃昏」是「向晚」的最後階段，是白晝將盡、黑夜將臨的交替與轉接的時段。如果大家試過專誠去看日落，應該有以下的經驗：在夕陽開始西沉時，便目不轉睛地緊盯著落日，以妨萬一稍一分神錯過了太陽落山或沉進海裡的一剎那。等待的時間總令人覺得漫長，而一切不知為何還是不變如常。但只要落日一沾到山邊或海平面，轉眼間便會完全隱沒，天色

隨即轉暗;剛定過神來,一切已為夜幕籠罩不見。置身於這接近 (甚至還未到!) 黃昏、最美麗的時刻,詩人已然意識到黃昏過後,夕陽將會消逝,連帶整個長安城、以至日間一切一切無論多麼美好的事物,也將於轉瞬間一併隱沒於無邊黑暗之中。

至此我們終於明白,「向晚意不適」是因為詩人敏銳地察覺到美好事物(繁華的長安城?)即將消逝;「驅車登古原」,正是要趕上最後機會去全面感受這美好的一切。而在這臨近黃昏的一刻,除卻眼睜睜看著一切幻滅,詩人根本無能為力。而正因為意識到這不可挽留的無奈,使得眼前本已無限美好的向晚景致,比初看之時,令人更加珍惜與留戀。

這首詩最精彩有趣之處,正在於「夕陽無限好」如何以兩種相反的方式被「只是近黃昏」的意識所否定。夕陽並非真的無限好,因為萬事萬物皆有期限,最美好的一刻正是一切即將終結之時;而又正正由於有限,反使得本應無限好的夕陽更添一份遺憾帶來的淒美,因而越超了原來的好。

相對於李商隱的其他名作,這首詩表面看來簡短淺白,意義清晰。然而,只要我們能不辭勞苦,反覆推敲思量,便會明白詩人如何以精煉的文字寫出人類存在處境深沉屈折的無奈,讀來可有不同層次的領會,豐儉由人,著實令人驚歎。

(原文刊登於《火苗文人,人文專欄》。)

不可能的房子：
馬林・索雷斯庫〈房子〉

　　羅馬尼亞詩人馬林・索雷斯庫（Marin Sorescu，1936 — 1996）有一首名字喚作〈房子〉（The House）的詩，當中沒有提供買樓置業的秘訣，卻訴說了人類的悲哀。

The House

(Translated by Ted Hughes and Ioana Russell-Gebbett)

I want to build myself a house
As far away as possible
From all the things
I know.

As far away as possible from the mountains
Out of which squirrels leap in the morning
Like apostles in a clock
Naive beyond belief.

And I don't want it on the shore
Of that white tiredness
Where I could see through every window
An enamelled scale.

And I know all the tricks
Of the plain.
What else can you expect from her
If at night she frees the grass and wheat
To grow through your ribs and temples?

In any place at all
I'd get so fearfully bored
I couldn't even
Hang
On my wall
Pictures
The doorway would look too familiar
I'd be feeling I had to move on.

If only I could build myself a house
As far away as possible from
Myself.

房子

（翻譯：李敬恒）

我想為自己建一所房子
盡可能遠離
我所知道的
一切。

盡可能遠離群山
那裡朝早有松鼠一躍而出
像時鐘裡的使徒般
幼稚得難以置信。

我也不希望它在
蒼白疲憊的海岸上
在那裡我透過每個窗口都可以看到
一個上了釉的天秤。

我亦知道平原的一切把戲。
你還能期望從她身上得到什麼
如果晚上她釋放草和小麥
讓它們穿過你的肋骨和額角生長？

無論在任何地方
我都會悶得發慌
我甚至不能
在我的牆上
掛上
照片
門口看來會太過熟悉
而我會感到必須走下去。

多想我能為自己建一所房子
盡可能遠離
我自己。

基本上，房子是用來居住、給人——至少暫時——安定下來
地方（當然，在資本主義社會中，建房子的目的——跟製造所有
商品一樣——主要是銷售賺錢）。詩的主人翁「我」想要為自己
建一所房子，自然是想給自己一個能夠安頓下來的空間。要安
頓，就是希望建立一種熟悉、穩定和安全的感覺。除非根本不
打算長住，否則一般人搬進新居，不總是第一時間把它按自己
的喜好佈置一番麼？如果只是暫時落腳，租、借甚至買現成的
便可以了。「建」需要付出極大的時間、心力、情感與資源，卻
可以保證房子由設計到完成皆遵循「我」的心意（先不管能力的
問題）。

　　但「我」對房子的要求卻很奇怪：要盡可能遠離、擺脫自己
熟知的東西。如何才可以令這所房子「盡可能遠離我所知道的一
切」呢？或許可以先從地點考慮。「我」不想把房子建在山中，
因為「那裡朝早有松鼠一躍而出／像時鐘裡的使徒般／幼稚得難
以置信」。山是穩定不移的，本來就適合建房子。而且這不是
野嶺荒山，而是有松鼠的樹林，生意盎然，不正是建房子的好
地方嗎？可是，在「我」的眼中，松鼠的活動只是日復日、年復
年，如時鐘般的機械性重複，喜歡這一切的人未免太過天真。

　　如果山太穩固、機械，可以把房子建在岸邊呀！那裡有海，
海水不總是在流動著麼？但對「我」而言，潮浪在白沙與岩石砌
成的海岸逶迤不過是一種蒼白的疲憊。在岸邊建的房子，窗戶
自然朝向大海。但無論「我」從哪一扇窗戶看出去，將只能看到

相同的景色。即使美麗如「上了釉的天秤」，久而久之，也難免單調沉悶。

山與海岸都不行的話，那建在一望無際、遼闊的平原上又如何？但「我」卻「看透」日間的寬曠只是平原誘人的「把戲」。它會在夜闌人靜時無聲無息地釋放出草和小麥。它們開始時可能毫不起眼，但在不經不覺間已「穿透你的肋骨和額角生長」。蔓生的小草與小麥象徵凌亂的煩悶，隨時日過去，將纏繞、蠶食「我」的心與腦、情感與思想。

房子必須建在某個特定的地方，而山、海岸與平原，已概括了一切「我」能夠考慮的地點。換句話說，對「我」而言，其實任何地點皆不理想。問題根本不在建房子的地點，而是在於時間：不論在哪個地方，只要時間一久，「我」便會變得不能忍受，「悶得發慌」。為甚麼會感到沉悶呢？因為熟悉。「我」甚至不能接受牆上有照片，因為一旦掛上「我」的——甚至只是「我」喜歡的——照片，整幢房子——甚至門口——都會因「我」的足跡與印記而變得太過熟悉。這熟悉令「我」難以忍受，使「我」感到不可停留，必須離開遠走。

因此，問題癥結不在於房子的位置，也不在於內裡的陳設，而在於「我」本身。作為安居之所，最理想的房子，自然是完全依照居住者的喜好而建，令她們可以長時間舒適地生活在其中。理想的房子不只是包圍著人的物理結構，而是居住者性格、喜

好跟意念——通過傢俱的選擇、佈置、安排與各種擺設——的體現，一個能讓人在其中愜意生活的意義空間。「我」要為自己建一所可以讓自己安頓下來的居所，那自然應該是越熟悉、越親切越好；然而，「我」卻不能忍受熟悉帶來的沉悶。但只要房子是為了讓「我」能夠安頓下來而建，又怎可能遠離「我」熟悉的一切？要把房子建得遠離「我」熟悉的一切，唯有令它盡可能遠離「我」自己。可是，這樣的房子又怎可能讓「我」安頓下來？又如何能稱得上是「我」的房子？

而人的悲哀，正是既強烈渴求熟悉安穩，同時又無法自拔地迷戀刺激新鮮；最終不是陷於沉悶，便是迷失自己。

（原文刊登於《火苗文人，人文專欄》。）

嚴肅的輕蔑：
米蘭·昆德拉〈愛德華與上帝〉

經常會聽到人說，「要認真地生活」、「做人最緊要真誠」。究竟甚麼是「真誠」？怎樣才算「認真」？到底我們應該採取怎樣的態度來生活？在收錄於短篇小說集《可笑的愛》（Laughable Loves）的〈愛德華與上帝〉（Eduard and God）中，米蘭·昆德拉（Milan Kundera，1929 — 2023）通過主角愛德華的故事對這些問題提出了獨特的看法。

故事本身並不複雜，但頗為有趣。愛德華（Eduard）剛從師範學校畢業，在一個小鎮找到教職。作為老師，他只是把教學視為一份賴以謀生的工作，沒有絲毫使命感。他本身沒有任何宗教信仰，但當他愛上了基督徒艾麗絲（Alice）之後，為了討好她毫不猶豫便裝作相信上帝，甚至跟她一起到教堂參加聚會。怎料，他先被師範學校的女校長看到從教堂出來，後來又被任教學校的工友見到他對著十字架在胸前劃「十」字。由於社會主義反對一切宗教，他的「信仰」有違國家鼓吹的「科學」精神，因

而被質疑無法毫無偏見地教育年輕人、成為他們的榜樣。為了保住自己的生計，對政治沒有興趣的愛德華又假裝自己雖然情感上相信上帝，但其實理智上認同國家的方針，不斷跟自己的「信仰」交戰；亦不惜欺騙手握生死大權的女校長，說自己喜歡她，甚至以身體搏取她的支持。

最後，他令艾麗絲相信他的虔誠與勇氣，願意跟他上床；同時又騙到校長相信他對自己有好感，成功得到校長的支持，保住了自己的工作。表面看來，這簡直是一個勵志得過份的故事：一個對任何事情都不認真的醒目仔，憑著機伶的頭腦與滿口大話謊言，加上令人羨慕的好運，成功解決了所有危機，更得到想要的一切。然而，只要細心思考，卻會發現內裡包含了種種微妙的糾結。

小時候，家長總會教導我們做人要誠實，做事要認真。但隨著我們慢慢長大，入世日深，便會逐漸明白說真話原來會惹人生厭，亦令自己容易被人計算；而事事認真亦很多時會換來壓力與挫折，甚至招人利用。有些人為了保護自己，便努力隱藏真我，玩世不恭，令生活成為虛偽的玩笑。然而，真誠的價值似乎不但並未因此而消失，反而顯得更加難能可貴，甚至被視為勇氣的體現。

愛德華的哥哥是一個不會掩飾自己想法的人，因此當他聽到弟弟自鳴得意地吹噓自己如何假裝信仰上帝來吸引艾麗絲，

以及艾麗絲因為誤以為他是殉道者而獻身給他時，他的哥哥說：「我可能有很多缺點，但有一個缺點我是沒有的：我從來沒有假裝過，我當著每一個人面前說出自己的想法。」

愛德華並不認同這種對「真誠」的理解。他總是盡力把一切事情區分為嚴肅重要（serious）與不嚴肅、無關重要（unserious）兩大類，並且認為只有嚴肅重要的事情才應該認真對待。至於那些無關痛癢的事情，我們只需敷衍了事，不妨拿它們來開開玩笑，甚至可以因應需要而堆砌出種種謊言。

根據他的理解，那些單單產生於一堆不可掌握的外在事件與力量的交互作用、偶然地加諸自己身上、純屬職責所在的事情，皆是可笑而沒有意義，根本不值得認真對待。只有出於自己本性、基於自由選擇的事情才算嚴肅重要，具有意義與價值。愛德華也重視真誠，貶斥虛偽。然而，他不認為像哥哥般「從來沒有假裝過」、「當著每一個人面前說出自己的想法」就是真誠。他反問哥哥「為甚麼一個人應該說真話？是甚麼令我們有責任如此做？為何我們會認為說真話就是美德？」，並提出一個極之有趣的看法：

想像你遇見一個瘋子，他說自己是魚，我們也全都是魚。你要跟他爭論嗎？你要在他面前脫下衣服，讓他看看你並沒有魚鰭嗎？你是否要當他的面說出你的想法？……如果你把整個事實真相告訴他——只說事實和

真正的想法，你便是在與瘋子進行嚴肅認真的對話，那麼你自己也會成為瘋子。我們周遭的世界正是如此。如果我冥頑不靈地當著這個世界的面說真話，那將意味著我嚴肅地看待這個世界。而嚴肅地看待一件如此不嚴肅的事情，意味著完全失去自己的嚴肅認真。如果我不想認真看待瘋子，並且讓自己也變成瘋子，我必須說謊。

換句話說，真誠是指認真地對待嚴肅的事情，並且不認真地對待不嚴肅的事情；而當一個人認真地對待不重要的事情，並且不認真地對待嚴肅重要的事情，才是真正的虛偽。因此，對根本沒有任何意義與重要性的事情煞有介事、跟虛偽造作的人堅持說真話，並不代表你真誠；反而只有對他們說謊與輕視才不會令自己成為一個虛偽與不認真的人。在這個荒謬的世界，說謊反而成為了道德責任。

然而，在愛德華眼中無關痛癢、說謊才是道理的領域，卻正是當時歐洲人好像最重視的宗教、國家、事業與愛情。他如上帝般看穿一切：艾麗絲並非真正虔誠的基督徒，只是因為在革命期間，父親的事業被國有化，出於憎恨才以信仰作為政治反抗。既然她根本沒有認真對待信仰，而他亦只是對她的肉體感興趣而非真正愛她，當然不需要對她認真說出自己的真正想法。

同樣道理，國家高舉無神論，其實亦不過是以反宗教來轉移大眾視線，掩飾其極權統治的無能；而校長、校工等人亦非

真正認同國家那些荒謬政策，只是為了個人私利才滿口冠冕堂皇的仁義道德。因此，為了保住這份並非出於理想、僅僅是維生手段的教職，盡量投其所好、表現出他們想要的形象令自己得以脫身，才是正確的態度。因此，他努力地表現得十分坦誠認真，甚至跟艾麗絲與校長等人進行理性討論、分享自己的「內心掙扎」，實質卻是一篇又一篇機關算盡的謊話虛言。

更堪玩味的是，如果他不重視宗教、國家、事業與愛情，生命中——甚至生命本身——還有甚麼值得重視？一切還剩下甚麼意義？表面看來，愛德華以一種超凡脫俗、玩世不恭的姿態，嘲笑著這個虛假荒謬的世界。問題是，如果他真的要貫徹自己的原則，就只能不認真的對待一切事情，包括自己的看法、感受與生命。

艾麗絲曾跟他說：假使沒有神，一切痛苦皆徒然，所有人間苦難我們都只是白白承受，一切也沒有意義，令人難以生存。愛德華不信神，因此只能接受終極而言，一切——包括他的生命與喜好——只是各種偶然條件互動的結果，背後沒有任何合理必然的安排，因此都沒有意義與價值。但他又不能放棄渴望有神：如果他不能認真對待任何事物或任何人，他就是過著一個可悲的生命，因為到頭來一切都沒有意義。

而更悲哀的是，他終於發現自己一直以來其實跟其他人一樣，當他為了保住生計與滿足各種慾望而絞盡腦汁，甚至出賣

自己的身體時，根本就是一直在適應這個世界，模仿這些虛偽的人。如果他們只是些虛偽的影子，他便是影子的影子，比他們更加不堪。

在一個如此虛妄的世代，大部分人皆把生命投放在不重要的事情，而對真正嚴肅重要的事情不屑一顧。愛德華誠實得不能承認自己在無關重要的事物之中找到了至關要緊的事物，以一種嚴肅的輕蔑對待一切；但他也太脆弱，以致不能停止暗中渴望重要的事物。這是活得真誠的代價，而意識到這一切，也是人的終極悲哀。

（原文刊登於《虛詞》。）

16.9.17

無意義的意義：
米蘭·昆德拉《無意義的節慶》

　　當我們一切順利，沒有遭逢甚麼阻滯，自然會慣性地如常生活。但假使處處碰壁，一切事與願違，現實與理想出現嚴重落差，腦海便難免會浮現出「咁辛苦究竟為乜？」、「呢啲嘢點解會發生喺我身上？」、「個世界點解咁唔公平？」，諸如此類的問題。究竟世間的一切有甚麼意義？是否真的有意義？如果沒有意義我們可以怎樣？在「火苗文學工作室」舉辦的米蘭·昆德拉（Milan Kundera，1929 — 2023）讀書會中，我跟大家一起討論他的遺作《無意義的節慶》（The Festival of Insignificance），以思考存在意義來悼念這位於 2023 年 7 月 11 日過世的捷克作家。

　　小說基本上以 D'Ardelo 的生日派對為主軸，中間夾雜四位主要角色——Alain、Ramon、Charles 與 Caliban——就著各種看似無關的課題的有趣想法與討論。故事以 Alain 在巴黎的街道漫

步時，思考有關男人迷戀女性肚臍的意義展開。鏡頭隨即轉至剛在醫院覆診完知悉自己沒有患上癌症的 D'Ardelo，在盧森堡公園遇到前同事 Ramon。傾談間，D'Ardelo 不知為何忍不住向 Ramon 謊稱自己患了癌症快將死去，並拜託他找朋友為自己籌辦生日派對，同時慶祝自己的出生與死亡。Ramon 找了 Charles 為 D'Ardelo 辦派對，其間 Charles 跟 Ramon 說了他在《尼基塔·赫魯曉夫回憶錄》讀到關於史太林的佚事，而 Ramon 則首次談及無意義 (insignificance) 的價值。

派對當天，失業演員 Caliban 幫助 Charles 充當侍應，並且如常假裝自己是巴基斯坦人，以自己發明的「語言」──其實只是些毫無意義的聲音──跟賓客「溝通」來自娛。派對完結之後，Charles 跟 Caliban 到 Alain 家打算繼續喝酒，怎料 Caliban 把 Alain 珍而重之奉於櫃頂的酒拿下來時不慎跌了一跤，不單把酒打破還摔傷了。第二天，Ramon 跟 D'Ardelo 又在盧森堡公園相遇，對他發表了一番關於無意義的價值的言論。故事最終在史太林無端出現在公園，拿槍射擊躲在雕像後小便的加里寧，然後兩人一同坐上一輛不知哪裡來的馬車揚長而去，在一群兒童的歌詠聲中落幕。

表面鬆散的片段都是圍繞著同一個主題：存在的無意義。「意義」首先跟語言文字相關。某些線條之所以是文字，是因為它們有意義：這些線條不只是一些可見的痕跡，更重要的是人運用它們來意指 (signify) 其他東西──事物或概念。當我們說一件

事情——包括自然現象、人的行動、以至事物的存在——有意義（significant）時，就是指它指向某些更大、更重要的東西，並因而具有相應的價值與重要性（significance）。要真正理解世間發生的事情，單純掌握個別事件表面的物理結構與原因是不夠的，還必須把握它背後的意義。

人跟其他動物不同，不僅本能地奮力生存，還渴望自己的存在具有、並且要找出自己以及世間事物存在背後的深層意義與價值。在歐洲，這種渴求一直由基督教信仰來滿足。根據基督教傳統，上帝是一位超級作家，而由於全能全知至善的上帝不可能作出任何無聊、錯誤、意外或邪惡的事情，祂的創世之舉必有其充分理據與深意，並且在事物出現之前，祂亦必早已具備整個宇宙的發展藍圖。世界本身、乃至當中的一切事物、歷史上發生的各樣事情，定必有其由上帝賦予的存在目的、意義和價值。

隨著基督教衰落與自然科學興起，生活在現代世界的人，再難接受世界以及當中事物本身具有甚麼內在目的、意義和價值。每個人只是碰巧在某個時空誕生，本身沒有被預先安擔當特定角色、追求某些價值，或實現某種理想和目的。結果，現代人在生活中體驗到的，是一個支離碎裂、模稜兩可、荒謬、沒有意義而又陌生的世界。

問題是，人對意義的渴求並未因此而消失。我們仍然會強烈感到自己的存在必定有意義；而既然存在，便應該有需要扮演

的角色，必須作出的事情。但現實是，人在戰爭與極權統治之下受盡壓迫與苦難，人命分文不值，而且我們對這一切似乎無計可施。於是，我們很自然就會追問：如果我是為了幹某些事情、發揮某些作用而存在，為何會如此無能為力？這一切有何意義？難道存在的唯一意義就是受盡各種苦難然後因疾病、意外或年老死掉，甚至被殺？那為何要出生？耶穌出生也是受苦然後死掉，但祂的死是有意義的：上帝通過祂的死亡來洗除眾生罪孽。可是，我們這些眾生的苦難與死亡根本沒有任何價值，我們的存在因而也是毫無意義。

Alain 就是從非常個人的角度去提出這些問題。他迷戀女性的肚臍，源於他對母親最後的回憶：她在遺棄他的那一刻，曾以憐憫但又輕蔑的目光盯著他的肚臍。Alain 一直被兩個問題困擾：母親為何要生我出來？又為何離我而去？照理她應該是愛我才會把我生下來，但如果是這樣她又怎忍心把我拋棄？還是說打從一開始她就不想要我？Alain 經常幻想母親如何在被逼的情況下懷孕。書中更有一段橫空出現的精彩描述：一個女人投河自盡，一名年輕男子見狀立刻跳進河裡救她，反被拒絕被拯救的女人扯進水裡喪命；殺了人的女人打消了尋死的念頭，腹中胎兒——自殺的真正原因——也因而逃過一劫。再看下去，讀者才發現原來那是 Alain 對於自己為何會存在的想像。在 Alain 的幻想中，為了不把自己生下來，母親甚至不惜把沒有肚臍的始祖夏娃殺掉，把人類的一切過去與將來、記憶與成就從源頭開始滅絕。

面對自己毫無意義的存在，一種可能的反應是認為自己根本沒有錯，因而指責離棄自己的母親是個不負責任的人——這些是控訴者 (accusers)。相反，Alain 卻是個道歉者 (apologizer)：把矛頭指向自己，覺得一定是自己做錯了甚麼才會落得如斯下場，不斷為自己不能理解的過錯內疚與賠罪。而不論是控訴者還是道歉者，都是在竭力為自己沒有意義的存在尋找意義。

Ramon 則跟 Alain 相反，認為一切的存在根本就沒有意義、毫不重要：

> 無意義……是存在的本質。它無時無刻都充斥我們四周。就算在沒有人想見到它的時候——恐怖事件、戰爭、最嚴重的災難，它還是在那裡。我們需要鼓起勇氣才能在如此戲劇性的處境中承認它的存在、直呼其名。

生活中的一切——對女性不同部位的迷戀、突如其來的一句謊言、忽爾飄下的一根羽毛——似乎也是某些重大事情的象徵；而種種令人難以忍受的痛苦與不公，更不可能只是單純發生：是「神對我的懲罰」體現的天理公義？又或者是「天將降大任於斯人」帶來的鼓舞與希望？而人最大的問題正是過分認真，接受不了這一切就只是表面那樣而已，背後沒有任何更深層的意義與價值。我們不可能改變或重塑這個世界，唯一的抵抗就是認清世界無意義的實相，然後不把它當作一回事。說笑本來是一個有效的方法，但我們已進入了「後笑話時代」 (post-joke age)，因為

大家都太過認真，把世界看得太厚重，連笑話也要思考背後的深意，使說笑失去原來的作用，只剩下疲乏與沉悶，甚至變得危險——如在史太林時期的蘇聯。

那我們可以怎麼辦？ Ramon 認為我們不單要承認與面對世間的無意義，更必須思考與發現它的意義與重要性，然後積極去愛它，「把圍繞我們的無意義吸進體內」，因為它是智慧與好心情的關鍵。他引用德國哲學家黑格爾(Hegel)的說法，強調真正幽默的條件就是「無限好心情」（infinite good mood）。作者在書中不時強調自己「作者」、「主人」的身份，刻意妨礙讀者投入到小說的世界，代入角色的觀點，強化他們正在看小說的自我意識。這不是單純玩弄形式，而是引導我們進入無限好心情的方法。

所謂「無限好心情」，就是指一種高度抽離但又未至於完全脫離對人間事務的關懷的微妙狀態。情況就如作家對待他創作出來的故事與角色的態度：既不會投入到他們的世界，受當中發生的事情觸動影響，但又不至於像對待完全與我無關的事情那樣漠不關心。只有在無限好心情的高度如實看待世事，擺脫對深層意義的執著，我們才可以帶著幽默感來觀看人世間的無意義，觀照與嘲笑人類永恆的愚蠢，才能看到生活的美麗。

（原文刊登於《明報》世紀版。）

拒絕意義的真誠：卡繆《異鄉人》

　　唸大學時我很喜歡存在主義，自然就想到要看阿爾貝·卡繆（Albert Camus，1913 — 1960）的小說，第一本看的就是《異鄉人》（The Stranger）。可能期望太高，讀時感到有點名不副實。當中有打鬥甚至殺人，但完全談不上緊張刺激；也有法庭戲，卻沒有針鋒相對的唇槍舌劍，亦沒有鋒迴路轉的曲折懸疑。結果捱了大半部之後便無奈放棄，一晃眼便二、三十年。可能上天替卡繆不值，安排我跟專研法國文學的 Sabrina 近年在不同場合一起討論《異鄉人》，令我重新細閱這部名著，漸漸有了不同的體會。因此，當獨立書店「夕拾 x 閒社」問我是否有興趣選一本書來跟一群熟悉的書友分享時，我第一時間想到的，便是這個關於一個陌生局外人的故事。

　　《異鄉人》一共分為兩部。主角莫禾梭（Meursault）得悉母親過世，便向公司請假到安老院出席母親的喪禮。喪禮後第二天到海灘游泳，遇到前同事瑪莉（Marie），兩人一起去看戲，

之後還回家發生了關係。星期一下班時先後遇到兩個鄰居——跟狗兒相依為命的薩拉曼諾（Salamano），以及性情暴躁的雷蒙（Raymond）。雷蒙由於打女朋友而跟她的阿拉伯兄弟結怨，被他與他的朋友盯上了。在雷蒙跟莫禾梭去海邊一個朋友的渡假屋玩的時候，雙方在海灘發生衝突，阿拉伯人刺傷雷蒙後逃離現場。莫禾梭之後回到海灘，再次遇上雷蒙的對頭，在毫無必要的情況下向他開槍。阿拉伯人中槍倒地後，莫禾梭莫名其妙地再補了四槍，終結了小說的第一部分。

第二部圍繞莫禾梭因殺了人而被捕之後，在監牢裡跟不同人的對話，不同證人在審訊中的證詞，以及控辯雙方的爭論。照道理，審訊的關鍵應該是莫禾梭當時是否蓄意殺人，但焦點卻落在他的道德與人格，尤其是要從他對待母親的態度以及在喪禮中以及之後的行徑，來證明他是一個毫無道德的人。最後，莫禾梭罪名成立被判死刑，而死前更大罵要為他祈禱的神父。

小說看似簡單，卻說不出的怪異。首先，不同事件之間的關係模糊不清，令人無法掌握故事的脈絡，亦難以弄清楚事情的意義跟重要性。當被問到某一天幹了甚麼而回想複述時，我們很自然會篩選出某些自己認為重要的事情，尤其是那些會引起特別情緒與想法的事件，然後把它們連繫起來。然而，在第一部中，我們看不到莫禾梭對任何事情有強烈的想法與心情。不論發生甚麼事，他都沒有所謂。那些發生在他身上的事情，雖然有時序先後，但很多都沒有因果關聯，更沒有任何背後的

意義或目的。由於缺少了那些連繫，讀起就好像沒有故事，只有一堆個別獨立的資料。

可能，作者要描寫的正是一個不拘小節的人，但又似乎不是那麼簡單。莫禾梭對愛情與婚姻、事業、母親的離世、乃至殺人、面對法庭審判的態度，都有點異乎尋常：對於這些一般人都重視的東西，他總是無可無不可。當瑪莉問他是否愛她時，他直說不愛。繼續交往一段時間之後，再問他願不願意跟她結婚，他說沒有所謂，她想結便結；但當她再問他是否愛她時，他還是答不愛。性、愛、婚姻之間沒有關係，而且各自也沒有甚麼重要。他不單真的感到沒有所謂，更毫不掩飾，不顧場合地直抒己見。

又或者他是個只顧自己利益的人？但對他而言，只要沒有不做的理由他便會照做，道德甚至個人利益從來都不是他的考慮。因此，雖然明知雷蒙要對付情婦，莫禾梭也不介意替他寫信騙她過來，之後還到警局為他作出有利的證辭。薩拉曼諾的狗不見了，焦急地詢問他的意見時，他沒有絲毫煩厭地回應，但又不會主動出去尋犬。甚至連殺人也並非出於甚麼明確動機——既不是復仇洩憤，也不是尋歡作樂，亦無利可圖，只有些令人費解的外在原因——烈日和高溫。而在被審問時的那些自殺式表現與回應，更顯得他好像完全搞不懂自己的利益、處境跟狀況。

那麼，是否作者刻意隱瞞主角的性格，從而把他塑造成一個深不可測的人？問題是，這一切都是從主角的觀點交代出來，讀者看到的就是莫禾梭本人對身邊事情的直接想法與感受，分別只是：讀者對這種割裂感到困惑難解，而對他而言則是自然如此，理所當然。至此，我們終於理解莫禾梭是一個怎樣的人：在他眼中，一切都只是如此發生的個別事件，它們只有時間前後或物理因果，但並不構成更大的意義體系，也沒有反映或體現任何更基本的目的。甚至他自己的每個想法、情感與行動也是割裂的單元，並不反映他任何統一的性格與傾向，這一點明顯展現在他對待母親的態度。

　　莫禾梭究竟愛不愛他的母親？一開始他說「今天，媽媽死了。也許是昨天，我不知道。」他連媽媽在甚麼時候死都不清楚，我們就會覺得很突兀，因為一般來說，母親——就算你跟她關係很差——應該是對自己非常重要的人，而死亡則是人世間其中一件至關緊要的事情。最重要的人死了，他卻如此輕描淡寫。為了理解這件事，我們自然認為他跟母親的關係很淡薄甚至惡劣，因此即使死了，對他也沒有多大影響。

　　但當你繼續看下去，便發覺他並非不喜歡母親。他跟母親一起生活時沒有甚麼溝通，也不清楚她的年紀，但有付錢給她去住安老院，而且也真的是為她著想，覺得總好過把她獨留在家。他有請假出席喪禮，但又好像只把它視為一個剛巧需要出席的活動，情緒沒甚麼起伏；有去守夜，但又沒有興趣瞻仰遺

容。喪禮之後第二天已經去游水看戲，假期完了便上班，迅速回復正常生活。

當然，不是每個人也愛自己的母親。但莫禾梭卻不只一次表示自己愛母親，雖然他隨即又說「所有正常人都曾或多或少希望所愛的人死去」。如此反反覆覆，令人難以把這堆看法與行動串連起來，藉此把握莫禾梭對母親的「真正」態度。一般人自然而然都會想為所有事情找到解釋，用某些主題、目的或意義把不同的片段串連起來，產生一個完整的故事，而這部小說正是要告訴大家：世界本身根本沒有這種意義。

這一點通過第二部充分呈現出來。第二部依然是以莫禾梭作為敍事主體，然而卻加入了證人、檢察官、辯方律師、法官等人對第一部那些事件的理解跟詮釋。對莫禾梭而言，一切都清楚明白：他不否認自己殺人，卻不認為自己蓄意殺人，因為只是當時的外在環境與氣氛令他開了那幾槍。至於其他事情，包括他跟母親以及其他人的關係，在喪禮與日常生活中的行徑，根本就跟他是否蓄意殺人無關。但仔細閱讀第二部，便會發覺雖然說的是同樣那堆事件，時序──甚至證人出場的順序──也跟第一部大致相同，但當每個證人去講述自己跟主角相處的片段時，其實已經從自己的觀點以自己的方式把事件重新整理組織，然後再由檢察官跟律師各自根據自己的立場與用心──就是要證明主角有罪跟無罪，把所有證言綜合成一個關於他是個怎樣的人、「因而」幹出了或不可能幹出如此喪心病狂的罪行的故事。

對比之下，莫禾梭的一致便顯得突兀古怪。他當然知道自己身在法庭，而別人正是要從他的說話去決定他是否有罪。身為被告，在法庭上理應只以對自己有利的方式去強調對自己有利的事情，並且盡量淡化那些可能會對自己不利的事實。也不是說要說謊，但至少可以抽搐兩下，流兩滴眼淚暗示自己的喪母之痛，或者不經意說句「我還記得媽媽頭髮的味道」。但你會發覺他在庭上說的，不論方式與內容，跟之前在第一部的幾乎一模一樣，沒有添加或改變任何東西──就是如實報告自己的想法。

　　但在法庭上這樣做反而顯得很奇怪，因為雖然法庭表面上是要找出真相，實際上是尋求意義的場所──所謂「真相」，就是最能夠把一切證據串連起來的解釋。問他為甚麼會在一槍把人擊倒後再多開四槍，他如實地說不知道。但他怎可能會不知道？還不是在掩飾？甚麼「太陽太猛烈」、「天氣太炎熱」，我們會覺得完全不合理。相反，檢察官串連出來的「故事」明顯更合情合理，因而最終被視為「事實真相」。莫禾梭拒絕對事件進行解釋，令他成為了本來以他為中心的審判、乃至他生活其中世界的局外人。

　　人本來就是不能自已地尋求意義的生物，因此讀者明顯會傾向認同其他角色尋求意義跟解釋的做法，卻同時被逼以莫禾梭的眼光去看這一切，直視一個個片段的孤立零碎，把任何將它們納入一個整體解釋的嘗試，視為解釋者任意的主觀投射。

這樣我們才會明白為何由頭到尾——甚至知道自己被判死刑——莫禾梭都相對平靜，直到最後一刻神父要為他祈禱時他才終極爆發。

神父本意只是希望他悔改信主，但是背後整套理念就是：雖然即將處刑，但只要他現在悔改，人生便能通過信仰重新獲得意義——甚至是永恆的終極意義。重點甚至不是神或天堂地獄是否存在，而在於宗教的核心作用，正是通過提供一個終極目的，來將現實世界中所有表面散亂無關、甚至不合理的東西串連成一個合理的整體，令一個人生命中的每件事情都獲得恰當的位置與意義。

莫禾梭不單只抗拒某個特定宗教或宗教本身，而是拒絕別人以任何方式去概括他，因為這樣就等於用某些主題串連他做的事情，為它們賦予意義，令他的人生成了某個特定的故事，而他認為根本就沒有任何故事。所以，他知道自己被判死刑後雖然也很難受，卻沒有十分激動，判了就是判了，只是發生了這樣的事情。但令他最激動的，卻是神父在最後時刻硬是要強加一個意義背景去貫穿他的一切，用一個虛假故事硬套在他身上。

《異鄉人》表面看來鬆散，情節乏味重複，實質——而且弔詭地——通過種種精心安排與嚴謹結構，以最恰到好處的語言來突顯事件之間的斷裂，剝掉事件背後可能有的連繫，成功呈現出一個難以呈現的主題：意義的缺失，即並不存在任何統攝

個別事件的目的與意義。我亦終於明白，第一部的殺人跟第二部的審判在小說中的「真正意義」。殺人一般被視為意義最重大的事件，在莫禾梭眼中卻不過是炎熱天氣的偶然結果，暗示一切事情皆無意義；而在法庭上真正對立的並非檢察官跟律師，而是莫禾梭跟其他所有人，藉以彰顯真誠地堅持真實跟尋求意義的終極矛盾。

（原文刊登於《明報》世紀版。）

終極的抉擇：卡夫卡〈蛻變〉

在 2024 年三月那個最暗黑鬱悶的黃昏，我在獨立書店「覺閣」跟一眾書友分享法蘭茲·卡夫卡(Franz Kafka，1883 — 1924)的〈蛻變〉(The Metamorphosis)，細味當中的變與不變，荒誕中的日常。

一

卡夫卡於 1883 年 7 月 3 日出生於捷克首都布拉格的一個中產階級猶太人家庭。他自幼酷愛文學，曾於布拉格大學學習德國文學(雖然後來轉修法律)，並在友人馬克斯·布洛德(Max Brod)的鼓勵下開始從事文學創作。他的作品主題隱晦難明，情節天馬行空；以象徵手法，表達現代世界的模稜兩可與不確定，以及現代人的孤立疏離、恐懼無力與絕望的存在境況；以嚴肅認真的筆調，呈現出一個荒誕卻詭異地無比真實的日常世界，巧妙地結合了現實與虛幻、理性與非理性、日常與不尋常。主要著作包括〈蛻變〉、〈判決〉、〈鄉村醫生〉、〈飢餓藝術家〉，以及三部未完成的長篇小說──〈美國〉、〈審判〉與〈城堡〉。

卡夫卡的寫作風格體現了他矛盾的個性與人生。他是一個生活在捷克布拉格的猶太人，卻偏好以德文寫作，文化上又把自己視為德國人。結果，他跟所有人都似乎格格不入，而他的作品亦經常以疏離的人際關係為主題。此外，卡夫卡的父親赫曼・卡夫卡（Hermann Kafka）是一個獨裁嚴苛的人，卡夫卡對他非常畏懼，卻又異常渴望得到父親的愛與認同（從〈致父親的信〉可見一斑）。影響之下，形成了他怯懦、孤僻、欠缺自信的個性，而作品中亦往往出現不可理喻的專制權威形象。卡夫卡與父親的關係非常惡劣，童年主要在孤獨和寂寞中渡過。對孤獨的恐懼令他長大後渴望家庭生活，曾三次訂婚；卻又因害怕家庭生活會毀掉寶貴的寫作靈感泉源，而三次解除婚約。卡夫卡畢業後的工作是寫作，卻非作為作家，而是受聘於一間保險公司擔任專業撰稿員，主要工作是編寫意外預防守則、調查工人的意外事故、確定賠償金額、撰寫報告等，只在工餘時才能抽空寫作。他相當討厭辦公室的刻板工作。對他而言，職員只是公司機器中面目模糊的零件，正如他很多作品中的角色：沒有名字，只以英文字母（J、K）或職業（醫生、經理、藝術家）來代表。

二

　　〈蛻變〉由紡織品推銷員格里高爾・薩姆沙（Gregor Samsa）一天早上醒來，發現自己變成了一隻怪蟲開始。由於沒有依時上班，公司代表到他家中找他要求解釋。他發現自己雖

然仍然能夠理解其他人的說話，卻無法用他們聽得懂的語言傳達自己的想法。最後，他終於奮力地把自己摔下床，用嘴撐開了門。看到他的人都給嚇壞了：公司代表慌忙逃離現場，母親薩姆沙太太當場暈倒，而父親薩姆沙先生二話不說，馬上拿起公司代表留下的手杖把他趕回房間。

變形後，只有妹妹葛蕾特（Grete）為格里高爾送食物和打掃房間。他每日除了吃喝便是打盹睡覺，唯一消遣就是在房間裡爬來爬去。為了騰出更多空間給格里高爾，葛蕾特決定清空哥哥的房間。在她跟母親把大部分傢俱移走之後，格里高爾撲上牆上一幅女人畫像，阻止她們把它拿走。母親第一次親眼看見變形後的兒子，一聲哀號後便昏倒在沙發上。父親下班回來見到這一切極為生氣，拿桌上的蘋果來丟擲格里高爾，令他負傷逃回房間。

格里高爾受傷一個多月後，家人先後找到工作：父親到銀行上班，母親為服裝店縫製床單與內衣，葛蕾特則為了將來可以找到好工作開始學習法語跟速記，還當了售貨員。格里高爾逐漸被家人忽略，房間又髒又臭，傷口無法癒合、不斷惡化。他開始拒絕進食，身體越來越虛弱。為增加收入，父親把家中的主臥室出租給三名房客。格里高爾二十四小時都被關在房間裡，以免嚇跑他們。

　　一天晚上，房客用餐時聽到葛蕾特拉小提琴，便請她出來為他們演奏。格里高爾聽到妹妹的琴聲大為激動，不顧一切爬到起居室旁偷聽。房客發現了格里高爾，威脅馬上搬走並且拒付房租。這時，葛蕾特終於爆發，不單否認眼前的格里高爾是她的哥哥，更堅決表明不可能再跟他一同生活，要把他處理掉。當晚凌晨三時，格里高爾在房間裡孤寂地死去。家人因終於擺脫了格里高爾而感到非常高興，馬上把房客趕走，並且請了一天假舉家出遊，慶祝新生活開始，憧憬著美好的將來。

三

　　〈蛻變〉以格里高爾的身體莫名其妙地轉化成蟲開始，本來大可以加插各種流行元素，寫他如何排除萬難追查自己改變的因由，最後回復成人的驚險奇幻歷程。然而，令人最感到詫異的是，各人在巨變之後的生活，可謂正常得匪夷所思。而正是這難以名狀的違和感，令〈蛻變〉瀰漫獨特的魅力。我認為這是

作者巧妙地處理兩股表裡張力的結果：1）表面寫格里高爾莫名其妙的變形，實質卻是要呈現現代人慣見的日常；2）表面寫格里高爾由人變成怪蟲後的遭遇，實質卻是寫他如何覺醒為人的心路歷程。

變形最明顯的影響，就是造成了格里高爾與其他人的疏離隔絕。成為蟲的他不單失去人的形體，同時亦喪失了語言表達的能力。他不能與家人溝通交流，被家人拒斥、隔離，只能在自己的房間中活動。問題是：他的處境跟變形之前是否真的有分別？基於工作關係，格里高爾每天都要跟不同的人打交道，卻完全無法跟別人深交。他長期出差在外，下班回家後亦只是獨自看報、研究火車時間表或做做木工來消遣，與家人本來就沒有甚麼溝通。在剛變成蟲的時候，格里高爾曾經對公司代表說了兩大段說話來為自己辯護，申訴自己生活與工作上的困難與辛酸，但完全沒有人聽得懂他的意思。問題是，即使在還能講人話的時候，他也從來沒有向人敞開心扉，也無人理會他的感受。換句話說，他根本就一直活在孤寂疏離之中。

最初，格里高爾的意識與身體處於一種分離狀態——身體完全不受意志操控，不單駕馭不了那兩排細腿，連翻身下床也無比艱辛。但他很快便適應了這新軀殼，不單能夠活動自如，甚至可以輕鬆地在牆壁與天花上爬行。身體的改變亦逐漸影響他的意識，令他採納蟲的觀點來生活：新鮮的食物變得難以下咽，變壞了的奶酪與腐爛的蔬菜卻反而吃得津津有味。

即便如此，格里高爾作為人的意識卻依然存在。雖然他失去語言表達能力，卻依然能夠理解別人的說話，並且能夠從人的觀點來思考。不單如此，變形令格里高爾從日常生活抽離，反而造就了自我意識的覺醒與提升，令他開始從新思考過去的人生。

收拾房間的一幕是整個故事的轉捩點。葛蕾特認為既然格里高爾已經變成了蟲，便應該把只是對人有用的傢俱搬走，騰出多些活動空間給他。母親卻擔心這等於告訴兒子她們不再對他抱有希望，不再把他視為家人。本來也樂於看到她們把傢俱搬走的格里高爾，被母親一語驚醒，終於察覺到不知不覺間已經忘記了自己是人。

這一剎那，他必須作出選擇：是要保留房間中的陳設，還是讓妹妹把傢俱全都搬走？讓妹妹清空房間，意味接受蟲的身份，讓身心融合為一，舒適快樂地活下去，代價卻是放棄僅餘的人性。要保留人的意識，還是乾脆成為蟲？格里高爾選擇死守牆上的女人畫像，保留自己人性的印記。

可是，蟲的身軀與人的心靈必然處於異化的狀態，難以並存。因為保留了自我意識，格里高爾注定會持續意識到自己身心的異化，以及永遠無法解決身心異化這個事實。蟲的身體驅使他渴望——也只能——吃腐爛的食物，但作為人他卻不甘心屈服於身體的需要。當中的痛苦令人難以承受，而死亡是唯一出路。

在變形之前，格里高爾雖然擁有人的身軀，但他生存的唯一意義是幹一份不喜歡的工作。當他發現自己變成了怪蟲，首先注意到的，居然是自己趕不及出門上班。他每天慣性機械地上班下班，缺乏自我意識與對生活的反省，實質上與昆蟲無異。相反，在變形之後，雖然是以蟲的形態生存，但他仍能以人類的觀點看事物──明白別人的說話；會被妹妹的琴聲感動；具有自我意識，對自己的人生有更多反省；能夠從家人的角度理解他們的困難，關心他們所需，甚至認同自己死亡的必要。而最惹人深思的是，葛蕾特宣佈不再把格里高爾視為人的一刻，正是他作為人的自我意識前所未有地強烈之時。

四

面對巨變，家中各人反應不一。父親向來都只是把格里高爾視為工具。他在破產時明明保留了一筆錢卻沒有向家人透露，要兒子為他賺錢還債，令自己不用工作。當格里高爾變了怪蟲無法上班，淪為沒有利用價值的廢物，父親隨即把他置之不理；而當他闖進家人的生活、對大家造成滋擾時，更立刻充滿敵意，屢次以武力把他驅趕回房間。

母親雖然軟弱無能，卻真正關心格里高爾。最初，當她聽到兒子在房內發出怪聲時，立即哭著吩咐葛蕾特去找醫生，擔心他患了重病──相反，父親卻是叫人去找開鎖匠，一心只想把他揪出來向公司代表交代。雖然她的身體極度抗拒、無法接

受化身為蟲的格里高爾，一看到他便會昏倒，但由始至終都把他視為兒子。葛蕾特要清空哥哥的房間時，向來沒有主見的母親首次表現反對，不想把兒子作為人的最後證據湮滅。當父親不斷投擲蘋果攻擊格里高爾時，母親毫不猶豫、奮不顧身抱著父親保護兒子。父親跟母親各自對待格里高爾的態度——搖錢樹與兒子，其實從來都沒有多大改變。

變化最大的是妹妹葛蕾特。原本，她只是個無憂無慮、入世未深的十七歲少女。在格里高爾剛剛變形時，她依然把他視為哥哥，對他關懷備至，更是唯一為他打點一切的人。隨著時間過去，她漸漸把格里高爾獨佔，不許其他人打掃他的房間，跟他的關係亦不再平等，開始支配他的生活。她雖然仍然照顧格里高爾，卻不再為他作為人、作為自己哥哥的利益與需要設想，而是單純根據自己的意欲把他當成寵物來飼養。

到了後期，她逐漸對格里高爾失去興趣，而在發生「房客事件」之後，更覺得這隻跟自己生活在同一屋簷下的怪蟲，根本只是自己與家人的負累，對他的厭棄出乎意料地比父親尤有過之，更第一個表明不再承認格里高爾是人，主動提出要把他處理掉。縱使外表依然——甚至更加豐滿漂亮，葛蕾特對待格里高爾的態度，卻由最初如母親般的關懷照顧，演變成後來比父親更加無情冷酷。因此，〈蛻變〉寫的不單是格里高爾的覺醒，亦是葛蕾特如何由純真少女成長為一個把別人單純視為工具、玩物或障礙的成熟「資本主義人」的過程。大部分中文譯本都把這篇小

說譯作〈變形記〉，讀者自然聚焦在格里高爾身體的改變，反而容易忽略葛蕾特微妙但同樣重要的轉化。

<h1 style="text-align:center">五</h1>

異乎尋常的故事，呈現的卻是現代人的日常：一個個孤立疏離的個體，營營役役地過著蟲蟻般的生活。而覺醒為人的代價，便是痛苦與死亡。過去不乏以人變成其他事物為主題的作品，而〈蛻變〉獨特之處，正在於卡夫卡不但打破了一般人對這類故事的刻版印象與預期，並且通過荒誕的情節，寫實地呈現出現實世界的荒誕。

（本文由《變形記》（天地圖書，2019）的導讀、後來亦曾刊登於《城市文藝》的〈荒誕的現實〉、以及刊於《明報》世紀版的〈終極的抉擇——卡夫卡的《蛻變》〉增補改寫而成。）

極致的貪婪：周耀輝〈彳亍〉

怎樣才算是有意義的人生？在有限的生命中，究竟應該追求甚麼目標？應該擁有甚麼才算不枉此生？花不完的財富？完美的愛情？幸福家庭？無人可以挑戰的權力？公義與和平？無盡的生命？甚至，永恆的快樂？在〈彳亍〉這首歌詞中，周耀輝以詩的筆觸寫下了一個異乎尋常的答案。

很多時都有人感慨人生沒有目標，這個說法其實並不準確。嚴格而言，應該說生活裡總是充斥著太多目標——入大學、交論文、搵工、跑數、購物、買樓、結婚生仔、名成利就，令人難以確認哪一個才是整體人生的終極目的。在如風一般追求各種目標時，我們總會遇到無數的險阻困頓，令我們難以前行。面對這些惱人礙事的風風雨雨，一般人都會感到煩厭而東躲西避，有些甚至因害怕而放棄，但也有人會迎風冒雨堅持到底。

> 風和風之間隔了風波　無數風波
> 如你信我　換過絲的衣著行入每顆心臟
> 天和天之間隔了天荒　地老天荒
> 踏出啞的感覺　行入幾多個軀殼

宋代詞人蘇軾別樹一格，寫下「莫聽穿林打葉聲，何妨吟嘯且徐行」（〈定風波〉），展現出一種無視風雨的豁達。但〈行〉中的「我」更進一步，對風雨不但沒有害怕、逃避，甚至不只是視若無睹、不為所動，而是提議「你」要把雨絲當成衣裳穿在身上，去嘗試真切感受這一切──不單是自己的險阻，還要感受不同人面對險阻的反應。

　　那麼，在無風無浪、平淡的時刻又如何？很多人又會覺得無聊乏味，沒有甚麼值得談論，日子因而沉悶得彷如「天荒地老」般漫長。這時，「我」又鼓勵「你」要離開這種感覺，去主動投入不同人的觀點視覺，去體驗不同人對平淡的感覺。到這裡，我們似乎已經可以大概感受到詞人獨特的觀點：我們在生活中不應只追求達到某些特定的目標，也要盡情體驗享受當中包含各種阻滯的過程；不只是嚮往精彩的人生，也要投入細味日常的平凡。換句話說，「我」要不加篩選地體驗各種可能。

　　若你說東風破甚麼　西天降甚麼
　　只想一覺瞓天光
　　若你說已到了天堂　太快樂
　　神遇到　佛碰到　但我希望碰到我

　　對「我」而言，渴求體驗的是人世間的一切。若「你」跟「我」談論另一個世界，說甚麼「東風吹來表示甚麼將被破壞」、或「西天神佛將會降福降禍」這些宗教徵兆，「我」一聽到便懨

慵欲睡，沒有絲毫興趣。就算「你」告訴「我」真的到了天堂，遇到心中一直追隨的神佛，從此獲得永恆的快樂，「我」也根本毫無不關心。作為一個人，「我」只擁抱現世，希望通過體驗人間一切來找回真正的自己。

很想抱月光　很想鑽漩渦
可否跟我沿著甚麼邊走邊看藏著甚麼
方知一切故事在遊蕩
很想到無邊搜索　然後與歲月摔角
為了知生存過不生存過
很想在桂花飄下時　去過　看過

　　「我」不是要尋找某些心目中特定的對象，而是渴望探索一切，不管多麼困難與艱險。「我」想飛到危危天邊抱一抱月光，不怕跌下來粉身碎骨；想鑽進深海偌大的漩渦探個究竟，哪怕會被強而有力的水流撕裂絞碎。「我」邀請「你」跟「我」，在沒有任何既定的預期與目的、也沒有任何特定的方向與路徑的情況下，一起漫遊這個世界，看看能發掘出甚麼有趣的東西，然後醒悟到：原來一切有趣的故事，就存在於這看似漫無目的的流離浪蕩之中。

　　「我」的探索不受無邊空間所限制，卻必須跟時間競賽，在生命有限的歲月中盡力體驗更多更多。唯有這樣，「我」才能確認自己是否真正生存過。換句話說，所謂生存的意義，正是在

於盡可能地親身體驗一切——不單是一般人認為是美好、善良、舒適、熟悉、快樂的東西，更不可放過生活中的困難與險阻、詭奇與陌生、哀愁與痛苦。「我」當然要看桂花盛放時的美麗芳香，但也不可以錯過它的凋萎飄零。

> 山和海之間永遠蒼蒼　雲雨蒼蒼
> 如你信我　望向瘋的孔雀行入赤色的浪
> 身和心之間永遠剛剛　眉眼剛剛
> 認識新的乾涸　行入浮泥仍在喝

雨絲把天上的雲與山海連接，渾成蒼蒼茫茫一片，看不清楚前路方向。生命也是如此：本身沒有任何既定的目的與方向，沒有必須跟隨的路徑。因此，遇到陌生、詭異、瘋狂的事物，不要懼怕迴避，反而更加應該趨之若鶩，盡情擁抱感受——如遙望細賞孔雀的瘋癲或親身行入赤紅的海浪（或望著那瘋癲的孔雀自殺般行入赤濤洶湧的大海）。

很多時，身體與心靈之間，總是剛好未能協調一致，眉眼剛剛錯過眼前關鍵，令自己身陷浮泥。正常反應應是拼命掙扎離開，但「我」卻反而順勢任由自己沉溺，甚至喝下浮泥來認識一種從未嘗過的乾涸。這是對新鮮經驗多麼強烈的飢渴！

很想唱驪歌　很想探洪荒
可否跟我沿著甚麼邊走邊看藏著甚麼
方知一切故事在遊蕩
很想到無邊搜索　然後與歲月摔角
善惡多　生命更多　味更多　道更多　路更多

驪歌是離別之歌。人與人相遇相知是很寶貴的經驗，但離別也會帶來不可取代的體驗。洪荒是混沌蒙昧、一切還未開始的原初狀態。「我」不單要體驗已知但未經歷過的事情，還渴求體驗未為人知的一切。「我」超越道德善惡的考慮，擁抱生命的豐富，要嚐盡所有不同的味道，走遍所有可能的道路。

經書向前翻　薪火向上燒
初生的我緩慢站起彳亍走向十方
在我的無邊搜索　然後與歲月摔角
為了知生存過不生存過
很想在雨點崩裂時　去過　聽過　華麗與沮喪

由於太過習以為常，我們很多時都不為意，其實早已被前人規定了生存目標，安排了人生路徑。經書是前人遺留累積下來的經驗，薪火代代相傳，作為後人的人生指引，令他們免走冤枉路，以最直接快捷的途徑走到既定的目的地。但對以體驗一切為人生意義的「我」而言，卻是蠶食生命的毒物。因此，「我」把理應向後翻閱才能看懂的經書向前亂翻，不再接收前人

火棒，任由薪火向上燃燒。換言之，「我」根本無意參考前人經驗，拒絕被他們的安排所規限。擺脫一切的「我」如同初生嬰兒，面對一個全新的洪荒世界，對一切充滿好奇。沒有必須朝向的目的，沒有任何必須行走的路徑；所有方向皆可以走，每一步皆可以停下來細味品嚐。「彳亍」跟「行」不同，是小步慢行、走走停停的意思。既然沒有必須要完成的事情，便沒有所謂浪費時間。因此，「我」盡量慢行，盡情發掘體驗生命中各種細節與可能。

但正如前面說過，多豐盛的生命也有盡時。「我」應該如何面對死亡？「我」是否應該為了獲得無窮體驗而追求無盡的生命？但這樣做是雙重自打嘴巴：一方面，等於躲回宗教，逃避人的現實；另一方面，這是逃避死亡，跟「超越一切價值判斷，擁抱一切可能經驗」的大原則有所抵觸。詞人厲害之處，在於把對體驗的渴求貫徹到底。為了確定自己真正生存過，「我」要親耳聽過雨點崩裂。雨點在接觸地面時崩裂，而這如斯微弱的聲音要聽起來像崩裂一般，「我」的耳朵必須緊貼著地面。這是「我」倒地臨死前的一刹，而直至死亡的一刻，「我」也要以最後一口氣去體驗世界，同時體驗自己的死亡，享受一切華麗與沮喪。

〈彳亍〉呈現出一種非常極端但有趣的人生態度。我就是我人生中的一切經驗；而我的生命的意義並非構築於某些特定價值的追求與持守，而是在於對生命中的一切可能盡情享受；

而且重視的只是生命中的經歷——「看過」、「聽過」本身，而不留戀任何事物，甚至不留戀生命本身。這是一種完全撇開善惡對錯的評價、甚至一般人心目中的好壞利害判斷，不作取捨、無所偏好、擁抱一切可能體驗的極致的貪婪。

（原文刊登於《明報》世紀版。）

編輯後記：可樂與點燈

劉梓煬（本書編輯，界限書店店長）

一

認識 Roger 時，他是老師我是學生，我在浸大上他的課。這門課在晚上六點半開始，完全是引誘人走堂的時間。Roger 偶然看到前排同學飲可樂，就會被引誘，小休的時候走出班房，買罐可樂，好好充電，繼續講學。

浸大非常環保，過了原定的課室使用時間 15 分鐘後，課室就會自動熄冷氣、熄燈。於是有好幾晚，課堂一路超時，燈光突然熄滅，大家一愕，但都沒有離開，在漆黑中繼續看著屏幕，聽 Roger 說下去。像圍著營火。

二

Roger 總能理順繁瑣概念，還原成最基本的問題，再步步推論，逐漸走近答案。以前試過上課聽他講存在主義，下課與朋友開讀書會，像喝完汽水後打飽嗝般，拾人牙慧將課上內容自己再分享一遍，竟感受到「讀通了」的感覺。Roger 閱讀文學作品時，也善於撥開重重迷霧，從零開始步步立論，提出見解，破解作品的謎團。

三

現在，他是作者我是編輯，謝謝 Roger 找界限書店出版。構思書名時，Roger 曾提過「點燈」這個概念。好的作品像一盞燈，照見世界與人生。那刻我想到的，是他（總是）講學超時的時候，課室一片漆黑、只有屏幕的光映照著他身影的畫面；還有空氣中迴蕩著他仍然充滿中氣和熱情的聲音。

後記篇名中的「可樂」，也能解釋為「可以快樂」——Roger 的興趣不被學科的劃分限制，可以從古今中外文學、哲學、藝術、音樂等等都找到樂趣。榮幸擔任這本書的編輯，讓我重拾欣賞美好作品的快樂。也祝大家閱畢這本書後，像帶著一盞小夜燈，繼續漫遊無邊的文學森林。

謎樣的森林

界限書店 ▍ BOUNDARY BOOKSTORE

謎樣的森林──與你沉迷文學導賞 36 則

I S B N ────────── 978-988-70553-5-8

分類標籤 ──────── (1) 文學評論 (2) 經典文學 (3) 散文

作　　者 ────── 李敬恒

編　　輯 ────── 劉梓煬

插　　畫 ────── 李敬恒

封面插圖及設計 ────── 倪鷺露 Lulu@UntitledWorkshop

排版設計 ────── 林逆

校　　對 ────── 林逆　廖詠怡

出　　版 ────── 界限書店

網　　址 ────── https://linktr.ee/boundarybooks

初版 2024 年 7 月

Copyright © 2024 Boundary Culture. All Rights Reserved.

Published and Printed in Hong Kong